滄海叢刊

鍾嶸詩歌美學

羅立乾 著

1990

東大圖書公司印行

國立中央圖書館出版品預行編目資料

鍾嶸詩歌美學／羅立乾著 - - 初版 - -
臺北市：東大出版：三民總經銷，民79
面；　公分 - -（滄海叢刊）
ISBN 957-19-0074-5（精裝）
ISBN 957-19-0075-3（平裝）

1.（南北朝）鍾嶸-學識-詩　2.詩品-批評、解釋等
821.83

著　者　羅立乾
發行人　劉仲文
出版者　東大圖書股份有限公司
總經銷　三民書局股份有限公司
印刷所　東大圖書股份有限公司
地址／臺北市重慶南路一段六十一號二樓
郵撥／○一○七一七五─○號
初　版　中華民國七十九年三月
編　號　E 84014
基本定價　叁元伍角陸分
行政院新聞局登記證局版臺業字第○一九七號

ISBN 957-19-0075-3

臺灣版自序

這本小書，居然在臺灣再版，能為溝通海峽兩岸的學術文化交流，盡綿薄之力，自然是我所樂意的；並且，想藉此機會，向臺灣讀者和同行們，談談與本書有關的一點情況。

一九八一年頃，我執教的武漢大學中文系，組織幾位同人，以分工合作方式，選編一本《歷代詩話詞話選》，推我為分工選編之後的全書統稿人，因之，得窺中國古代詩學流變的全豹。在極為繁富的詩學論著中，我個人覺得：基本上可以分為政教中心論與審美中心論兩大詩學流派；中國古代詩學發展的歷史，從根本上來說，主要就是這兩大詩學流派，在對立、滲透、融合與合流中，辯證發展的歷史；而齊梁間鍾嶸所撰《詩品》，不僅主旨正是研討詩歌審美的得失，而且「思深而意遠」，「詞亦奕奕發之」，實為開創審美中心論詩學流派新紀元的奠基之作，其理論的系統性，雖不及劉勰的《文心雕龍》，但對後世詩學的影響，却甚于《文心雕龍》，很有值得深入研究的價值，專攻中國文學的學生不可不有較深入的瞭解。於是，我在按同人所定統一的選編原則，去完成《歷代詩話詞話選》的統稿工作之後，旋卽搜羅研究《詩品》的資料，抉幽發微，編寫講義，於一九八三年秋，在本系開設「鍾嶸《詩品》發微」專題選修課；其後，又分別給本科生與碩士研究生，講授過兩次。一九八六年，將講義重加修訂，包括論述與注釋兩部份，約十四萬言，在校內印行。其中論述部份，卽為本書椎輪。第二年由武漢大學出版社正式出版，始題名《鍾嶸詩歌美學》。撰寫這本小書，旨在以宏觀審察與微觀詮析相結合的方法，梳理鍾氏所創以「滋味」說為核心的審美中心論詩學體系的脈絡，及其對於中國詩歌美學發展的深遠影響。但《詩品》畢竟「思深而意遠」，數萬言的小書自難充分展開；而多年又忙於教學，進一步鈎沉發隱，只好待諸來日了。

然而，「文律運周，日新其業」。繼鍾嶸《詩品》之後，又有唐代皎然的《詩式》、司空圖的《二十四詩品》、宋代嚴羽的《滄浪詩話》等等，把審美中心論詩學流派推向了一個又一個綿亘不絕的高峰；而政教中心論詩學流派發展到唐代，也有陳子昂、白居易等人，更為完善地推出了以情感表現說為基礎的重政治教化的功利主義詩學觀，其後的許多政教中心論詩學家，又撰寫了許多吸收審美中心論詩學成果的論著；明清以降，兩大詩學流派走向合流，更有大批詩論家，從高層次的理論水平上，推出了很多全面總結中國古代詩歌創作與鑒賞經驗的詩學專著。中國古代詩學理論如此源遠流長，羣星璀璨，而我現在僅僅對鍾嶸《詩品》作了一點研究，在治中國古代詩學的路上，只算入其門，「坐於廊廡之間」，離其堂奥則尚遠。當謹記「不積蹞步，無以至千里」，毋怠毋荒，更踏實地前行。

這次再版，僅就校出的一些錯字和極少數漏字、漏句，作了修正。需要特別提到的是，本書在構想之初，就曾得到同事易竹賢教授的熱情關心；初版刊行後，又得到我校畢奐午老教授的贊譽，並承屹然女士撰文評論。現在又承臺灣東大圖書公司的熱心聯繫與協助，得以臺灣版刊行。對於來自各方的盛情，我深為銘感，一並在此致以由衷的謝忱！

一九九〇年元旦於武昌
珞珈山之東山頭寓廬

目次

題記

鍾嶸，是我國六朝齊梁時期最傑出的一位詩歌理論批評家。他以畢生精力撰著的《詩品》，作爲我國古代第一部詩歌理論批評專著，其內容與寫法，都具有不同於先秦兩漢詩學的獨創性特色。首先，它論述詩歌創作，完全著眼於詩歌作爲審美創造的特點和規律。其次，它評論詩人作品，完全著眼於詩歌作爲審美鑒賞對象的美感效果與藝術風格的特色，從對詩歌風格美的審美感知中，顯現作品的「優劣高下」與「利病得失」。第三，它的寫法與表述方法，或用簡約雋永的三言兩語，或用生動形象的描述，雖然言詞簡短，但「思深而意遠」，耐人尋味。這三個特色表明，鍾嶸在《詩品》中，建立了一個以審美爲中心的詩學體系，他的詩學富有美學性質，是詩歌美學。

自《詩品》問世以來，對它進行研究的論著或單篇論文頗多，其研究角度也多種多樣：有的從訓詁學角度，注釋《詩品》原文；有的仿照裴松之注《三國志》的作法，從旁稽博考角度，滙輯與《詩品》內容有關的史料和詩論見解；有的從古代文論角度，闡述鍾嶸的文學觀及創作論；有的從古代文學批評史角度，闡述鍾嶸的文學批評觀及其批評實踐。所有從這些角度研究《詩品》的論著或單篇專論，都很有學術價值，使治此書者獲益不淺。但正如許文雨先生在〈評古直鍾記室詩品箋〉中所說：

《詩品》要旨，端在討論藝術之遷變，與夫審美之得失，安有舍此不圖，而第徵引典籍，斤斤於文字訓詁間，以為已盡厥職乎？自斯義不明，如《文心雕龍》諸注家，輒致力於句字之疏證，而罕關評見之詮析，故博而寡要，勞而少功。治《詩品》者，苟不翻然變計，則亦前車之續而已❶。

❶ 許文雨：《鍾嶸詩品講疏》附錄二，成都古籍書店一九八三年版，第一五七頁。

因此，這本書作爲講授鍾嶸《詩品》的專題選修課教材，採取整體把握與微觀詮析相結合的研究方法，從美學的角度，對鍾嶸以審美爲要旨的《詩品》作一些新的探討，故題名爲《鍾嶸詩歌美學》。至於探討得是否正確，則懇請大家指正。

第一章　政教中心論的否定與審美中心論的創立

綜觀中國古代詩學，基本上有兩大流派：一派以政教爲中心；另一派以審美爲中心。前一派產生於先秦，發展演變於兩漢；後一派誕生於魏晉，成熟於齊梁。如果按中國古代詩學自身的邏輯發展，來劃分其發展史的分期，則大致可以劃分爲三個發展階段：先秦至兩漢，是以政教爲中心的詩學獨家發展並獨霸詩壇的階段；魏晉至齊梁，是以審美爲中心的詩學流派衝破政教中心論的統治地位而崛起於詩壇並走向成熟的階段；唐宋至明清，則是這兩大流派或雙水分流或滲透融合而向前發展和合流的階段。宗白華先生在《美學散步》中，曾對魏晉六朝的藝術和如何研究中國美學史的問題，作過這樣兩段論述：

漢末魏晉六朝是中國政治上最混亂、社會上最苦痛的時代，然而却是精神史上極自由、極解放，最富於智慧、最濃於熱情的一個時代。因此也就是最富有藝術精神的一個時代❶。

學習中國美學史，在方法上要掌握魏晉六朝這一中國美學思想大轉折的關鍵。這個時代的詩歌、繪畫、書法，例如陶潛、謝靈運、顧愷之、鍾繇、王羲之等人的作品，對於唐以後的藝術的發展有着極大的開啓作用。而這個時代的各種藝術理論，如陸機〈文賦〉、劉勰《文心雕龍》、鍾嶸《詩品》、謝赫《古畫品錄》裏的「繪畫六法」，更為後來文學理論和繪畫理論的發展奠定了基礎❷。

❶ 宗白華：《美學散步》，上海人民出版社一九八一年版，第一七七頁。

❷ 同❶，第二六頁至二七頁。

以審美爲中心的詩學流派崛起和成熟於魏晉六朝，改變了政教中心論獨霸詩壇的一統局面，就正是這個時代「最富有藝術精神」的主要標誌之一，也正是「中國美學思想大轉折的關鍵」之一。

鍾嶸，作爲六朝齊梁時期最傑出的詩學家，他的歷史貢獻，正是適應了中國美學思想在這個時代所發生的「大轉折」。他不僅一反前人把藝術品的詩歌與應用文相提並論的做法，精心撰著了我國第一部純粹的詩歌理論批評專著《詩品》，而且在這部專著中，否定和揚棄了政教中心論的詩學傳統，創立了審美中心論的詩學體系，把誕生於魏晉的審美中心論的詩學見解，推向了成熟的階段，開創了審美中心論的詩學流派的新紀元。

鍾嶸在《詩品》中所創立的審美中心論的詩學體系，由序言與正文兩大部分組成。序言部分，以興起於漢末並蓬勃發展於魏晉六朝的五言詩爲研究對象，論述了五言詩體代替四言詩體而繁榮昌盛和向前發展的歷史，並總結了五言詩創造藝術美的新成果、新經驗，批評了五言詩在其發展過程中出現過的不良詩風，由此而概括爲言簡意賅的詩歌審美創造理論；正文部分，則評論了漢魏至齊梁一百二十餘位五言詩人的作品，並從對作品藝術美的審美鑒賞入手，標其風格特徵，溯其源流衍變，定其品位高低，指其利病得失，顯其優劣短長，由此而概括出詩歌審美創造、審美鑒賞與藝術評論相結合的一些原理，並歸納出了一些有關詩歌風格流派的理論。這兩大部分的內容，相互配合，構成了我國古代第一個以審美爲中心的詩論與詩評相結合的詩學體系，爲唐宋至明清以審美爲中心的詩學流派的發展奠定了基礎。

那麼，具體來說，鍾嶸否定和揚棄政教中心論的詩學傳統，其突出標誌是什麼呢？究竟是什麼原因使他能否定和揚棄這個傳統而建立起審美中心論的詩學體系呢？

要較爲透徹地回答這些問題，必須對形成政教中心論詩學傳統的歷史淵源和文化背景，對魏晉六朝進入魯迅稱之爲「文學的自覺時代」的原因及其與鍾嶸創立審美中心論的聯繫，作一番整體性的考察。

一　政教中心論的歷史回顧：血緣——仁學——《詩》教

所謂以政教爲中心的詩學，其根本宗旨，就是把編定於春秋的《詩三百》作爲宗法制的倫理道德教科書，強調充分發揮其倫理性的道德情感感化的作用，以達到《禮記・經解》所概括的「其爲人也，溫柔敦厚」的《詩》教目的❸。以這種根本宗旨爲特徵的詩學，最初導源於儒家創始人孔子所創立的原始儒學——與宗族血緣關係密切相聯的以「仁學」爲核心的倫理道德思想體系之中。其後，經由孟子、荀子及荀子後學者的發展，到漢代新儒學的儒家經師手裏，則更發展到了使之聖化、神化的登峯造極的地步，遂演變成了獨霸兩漢詩壇達四百餘年之久的具有法典地位的傳統詩學。而這種傳統詩學的內容，是以血緣至上觀念、宗法倫理道德的「仁學」、倫理性的道德

❸ 見《禮記正義》卷五十。

教育感化功能爲致思起點，圍繞著發揮《詩三百》的《詩》教作用而作出的評論和總結，並不是對詩歌自身的本質特性和自身的創作規律的分析和把握。它是把詩歌和人們對詩歌的認識，都封閉在只許「成人倫，助教化」的極端狹隘的功利框架之內，使詩歌完全成爲跟宗族血緣關係密切相聯的儒學附庸。

「仁學」，作爲孔子所創立的倫理道德思想體系的核心，其本質內容的結構，就是「仁」與「禮」的相結合，一方面，以「仁」去解釋「禮」，說明「禮」所規定的宗法倫理綱常、道德規範、行爲規範、禮儀制度，都紮根在宗法血緣關係的「愛親」的人倫情感中，例如，孔子把規定「三年之喪」的原因，直接解釋爲：「子生三年，然後免於父母之懷。夫三年之喪，天下之通喪也」❹；另一方面，又以「仁」去實現「禮」，把「仁」作爲人們從「愛親」的人倫情感出發，就必然會去按「禮」行事的道德情操，卽所謂「克己復禮爲仁」，「爲仁由己，而由人乎哉?」❺這實際是說，

❹《論語·陽貨》。
❺《論語·顏淵》。

「仁」是主動約束自己而按「禮」行事的內心自覺，是人倫情感的心理欲求，並非外在的強制。這樣，孔子的「仁學」就通過突出積澱在人們心理結構上的宗族血親意識和血緣至上觀念，使「禮」的外在規範變而爲「仁」的內在自覺了。所以，孔子又把早已有之的「孝弟之義」的倫理原則❻，規定爲「仁」之根本，卽「孝弟也者，其爲人之本與！」其理由是：「其爲人也孝弟，而好犯上者鮮矣；不好犯上，而好作亂者，未之有也。」❼可見，孔子的「仁學」，確乎是以由宗族血緣所產生的「愛親」之情和血緣至上觀念爲根基，並希望喚起當時人所共有的這種情感和觀念，使人們都自覺地恪守「禮」所規定的各種規範，從而，不會生出悖「禮」的念頭，不會去犯上作亂。

但是，孔子也清醒地看到，在「禮壞樂崩」的春秋末年，小人固然不會行「仁」，而本來是「仁者」的君子，也有一些因犯上作亂而成了「不仁者」，所謂「君子而不

❻ 參看《左傳・文公十八年》所載「兄友弟恭子孝」。

❼ 《論語・學而》。

仁者有矣夫，未有小人而仁者也」❽，就是這個意思。照這樣說來，「仁」雖是把恪守「禮」的規範作爲內心自覺的要求，但卻並非人人都有這種自覺要求，還得加上主觀修養才行。因此，孔子從以「愛親」之情和血緣至上觀念爲根基的「仁學」出發，就特別重視西周的「禮樂立教」，認爲周王室太師所早已滙編的可以合樂歌唱的《詩三百》，具有陶冶人們性情使之樂於行「仁」的作用，由是而將《詩三百》重新加以解釋和評論，使它成爲「可施於禮義」❾的倫理道德教科書，從而延伸出了《詩三百》服務於以宗法倫理道德爲核心的「《詩》教」的詩學觀：

> 小子何莫學夫《詩》？《詩》可以興，可以觀，可以羣，可以怨；邇之事父，遠之事君；多識於鳥獸草木之名❿。

❽《論語・憲問》。
❾《史記・孔子世家》。
❿同❹。

孔子在這裏提出的頗爲著名的「興觀羣怨」說，確乎高度概括而又全面地表述了詩歌具有的三種作用：精神感動奮發作用（「興」），觀察道德風俗盛衰的認識作用（「觀」），倫理性的道德情感的教育感化作用（「羣」和「怨」），且以「興」爲首，似乎還含有詩的認識作用、教育作用，都得通過詩的精神感動奮發作用方能實現的意思，而詩的精神感動奮發作用，正是詩歌引起欣賞者美感心理活動的特徵，所以，孔子此說是揭示了詩歌社會作用及其特徵的卓越見解。但是，「興觀羣怨」的終極目的，是以《詩三百》爲特定的宗法倫理道德的教化功用服務，使人的精神通過《詩》的感動奮發，樂於接受宗法倫理道德觀念的支配：在家事父，出外事君，移孝作忠，事君如事父。其實，《詩三百》滙集了西周初年到春秋中期約五百餘年詩歌創作中的優秀作品，展現了五個世紀不同階層的古人的心靈歷程。其中〈大雅〉和〈頌〉，雖然多爲宗廟祭祀時讚美貴族祖先的樂歌，符合孔子「事父事君」的目的，但〈國風〉和〈小雅〉中，既有不少抒發對宗法制度表示憤恨之情的「飢者歌其食，勞者歌其事」的詩篇，又有不少大膽越過禮教大防傾訴情愛的民間戀歌，也還有揭露貴族作惡的詩歌，這類作品顯然不符合「事父事君」的要求。因此，孔子又反過來對《詩三百》的內容，進行道德規範的再評論，提出了「中和之美」和「思無邪」的詩歌批評標準。他說：

〈關雎〉樂而不淫，哀而不傷⓫。

《詩三百》，一言以蔽之，曰：思無邪⓬。

這兩條標準都是孔子以他自己的倫理道德準繩，對《詩三百》的客觀內容作出的主觀評判，其目的是，把《詩三百》的「興、觀、羣、怨」作用，嚴格規定和限制在符合「禮」的規範的「無邪」而「中正」的樊籬之內，收到教化人們「事父事君」的效果，卽清代王夫之所解說的那樣：

⓫《論語·八佾》。

⓬《論語·爲政》。

興己之善，觀人之志，羣而思無邪，怨而止禮義，入可事親，出可事君[13]。

事父事君以此（「此」指《詩》教），可以寡過，推以行之，天下無非中正和平之節[14]。

孔子基於對「興觀羣怨」作用的這種嚴格規定和限制，還對詩樂的內容提出了更爲嚴格的規定：

歌樂者，仁之和[15]。

樂云樂云，鐘鼓云乎哉[16]？

[13] 《張子正蒙注》卷八〈樂器篇〉。
[14] 同[13]。
[15] 《孔子家語·儒行》。
[16] 同[4]。

人而不仁，如樂何⑰？

這就是，既把詩與樂的根本使命規定爲表現「仁」的道德，又指出音樂決不只是悅耳的鐘鼓之聲，而必須表現「仁」的道德，否則，就沒有什麼意義；至於作爲一個人而不行「仁」德，「樂」（包括詩歌）也就失去了價値。可見，在孔子看來，詩歌必須表現「仁」的道德，必須符合「仁」的道德要求，才能產生「興觀羣怨」的作用，才能引起感奮人們精神的美感心理活動，達到陶冶柔順性格、培植「事父事君」忠孝觀念的政教目的。但是，《詩三百》的內容並不全部符合「仁」的道德要求，孔子就重新加以解釋和評論，對其內容作出上述所謂「無邪」而「中正」的道德規範。這就表明，孔子對《詩三百》的研究，並不是以認識詩歌自身的審美特性和藝術價値爲致思起點，更不是以全面探討和把握詩歌自身創作規律爲目的，而是以宗法倫理道德的功用去曲解和取代《詩三百》的固有內容及藝術價値，使之成爲宣揚以「事父事君」爲

⑰ 同⑪。

綱的倫理道德教科書。所以，孔子對詩歌具有引起人們精神感動奮發的美感作用的見解，是從屬於並服務於宗法倫理道德觀念的，並不承認詩歌自身有其相對獨立的審美價值，雖然他也察覺出了這種獨立價值，但主觀上還是要加以否定。不然，他就不會這麼激憤地說：「樂云樂云，鐘鼓云乎哉？」而孔子這種詩歌美感作用從屬於並服務於宗法倫理道德觀念的思想，經由孟子、荀子的繼承發展，到荀子後學者撰寫的《樂記》中，則更被片面地發展爲：

> 先王之制禮樂也，非以極口腹耳目之欲也，將以教民平好惡，而反人道之正也⑱。

這就完全否定了詩樂的審美價值，否定了藝術應滿足人們感官的審美需要，只強調詩樂的價值和作用在於道德教化，終極目的在於「反人道之正」，即引導人們走上所謂

---

⑱《樂記・樂本》。

「父子有親，君臣有義，夫婦有別，長幼有叙，朋友有信」的「人道」⑲，亦卽走上「親親，尊尊，長長，男女之有別」的「人道」⑳。這「人道」，也就是以血緣爲紐帶、以等級爲核心的宗法倫理之道。

漢代儒家經師，進一步把《樂記》的這個主張，定型爲「成人倫，助教化」的信條，卽＜毛詩序＞說的：「正得失，動天地，感鬼神，莫近於詩。先王以是經夫婦，成孝敬，厚人倫，美教化，移風俗。」㉑與此同時，儒家經師還按照這個信條，千方百計地把《詩三百》的每一首詩都解說爲含有儒家倫理道德的鑒戒懲勸意義，使其完全成了一部宗法倫理道德的教科書，並正式命名爲《詩經》，捧上了儒家經典「五經」的高位，從而，由此又延伸出了漢代經師強調《詩經》服務於以宗法倫理道德爲核心的「《詩》教」的詩學見解——

⑲《孟子・滕文公上》。
⑳《禮記・喪服小記》。
㉑《毛詩正義》卷一。

(一)「美刺」說

所謂「美」，就是歌頌貴族統治者的品德功業，卽〈毛詩序〉說的：「美盛德」，也就是鄭玄〈詩譜序〉說的：「論功頌德，所以將順其美」；所謂「刺」，則是諷諭過失，卽〈毛詩序〉說的：「下以風刺上」，也就是鄭玄〈詩譜序〉說的：「刺過譏失，所以匡救其惡」㉒。這種詩歌具有「美」與「刺」兩種功能的見解，其原意並非是既要求詩歌歌頌漢代統治者，又強調詩歌有揭露現實黑暗和弊病的作用，而是說《詩經》中的每首詩都含有或「美」或「刺」的意義，要求漢代經師以宣揚君臣、父子、夫婦等宗法倫理道德觀念爲綱，去解說《詩經》每首詩所含有的「正得失」的「美」或「刺」的微言大義。清人程廷祚說：「漢儒言《詩》，不過美刺兩端」㉓，道出了「美刺」說的原意。從《毛詩》及《三家詩》的遺說看，也確乎是這樣。如

㉒《毛詩正義》卷首。

㉓《青溪集》卷二，〈詩論十三〉，《金陵叢書》本。

《毛詩》對〈國風〉一六〇篇的解說，標明爲「美」的十九篇。〈關雎〉本是民間戀歌，《毛詩》解爲美「后妃之德」；《魯詩》則解爲刺「康王晏起」，牽強附會之極。而且，《詩緯・含神霧》還說：「《詩》三百五篇，詩者，持也，在於敦厚之教自持其心，諷刺之道可以扶持邦家者也。」㉔可見，漢儒經師都是用「詩者，持也」這種想當然的注解，把三百零五篇都附會成有或「美」或「刺」的教義，達到以宗法倫理道德觀念規範人心和定國安邦的政治目的。

(二)「六義」說

所謂「六義」說，爲〈毛詩序〉提出：「故《詩》有六義焉：一曰風，二曰賦，三曰比，四曰興，五曰雅，六曰頌。」㉕大家知道，近代學者研究史料的結果證明，風、雅、頌，本是音樂和詩歌的分類；賦、比、興，本是詩歌的藝術表現方法。鄭玄

㉔ 見於《玉函山房輯佚書》、《古微書》。

㉕ 同㉑。

卻全部按照「美刺」說，把它們解釋爲具有六種政教意義和作用的手段：「風，言賢聖治道之遺化也；賦之言鋪，直鋪陳政教善惡；比，見今之失，不敢斥言，取比類以言之；興，見今之美，嫌於媚諛，取善事以喻勸之；雅，正也，言今之正者以爲後世法；頌之言誦也，容也，誦今之德，廣以美之。」㉖而且，鄭玄在解說《詩經》作品時，還把完整的詩篇割裂爲具有不同政教內容與作用的詩文，如對〈豳風·七月〉的解說，把「女心傷悲，殆及公子同歸」，割裂爲「女感事苦而生此志，是謂豳風」；把「六月食鬱及薁，七月亨葵及菽，八月剝棗，十月獲稻，爲此春酒，以介眉壽」，割裂爲「以助其養老之具，是謂豳雅」；還把「稱彼兕觥，萬壽無疆」，割裂爲「飲酒既樂，欲大壽無竟，是謂豳頌」㉗。而〈毛詩序〉對「六義」中的風、雅、頌的闡述，也全然著眼於政教得失的美刺：「風」是「上以風化下，下以風刺上。主文而譎諫，言之者無罪，聞之者足以戒，故曰風」；「雅者，正也，言王政之所由廢興也。政

㉖ 同㉑。
㉗ 《毛詩正義》卷八。

有小大，故有小雅焉，有大雅焉。頌者，美盛德之形容，以其成功告於神明者也。」㉘這表明，「六義」說的實質，乃是爲了把三百零五篇的內容，全部納入「美刺」說中，牽強鑿枘地比附「美刺諷諭以教人」的儒家義理。

㈢「止乎禮義」說

＜毛詩序＞是認識到了詩歌抒情特點的。它說：「詩者，志之所之也，在心爲志，發言爲詩，情動於中而形於言。」㉙這已經由《尙書・堯典》的「詩言志」㉚，注意到了詩抒情的特點，論及到了情感在詩歌創作中的作用。但是，它又說：「變風發乎情，止乎禮義。」㉛所謂「變風」，是指產生於西周中衰以後的詩歌，與「正風」相對而言，卽與＜國風＞中那些產生於西周盛世的詩歌相對而言。＜毛詩序＞認

㉘ 同㉑。
㉙ 同㉑。
㉚ 孫星衍：《尙書今古文注疏》。
㉛ 同㉑。

爲，「變風」雖多爲抒怨情之作，但怨而不怒，沒有超出和違背「禮義」的限度。這種說法就是強調以「禮」節情，並要求將《詩三百》中那些「激楚之言，奔放之詞」，篡改爲符合以「禮」節情的原則，從而去約束人的情性，以培育服從宗法倫理之道的「溫柔敦厚」性格。

通過以上回顧，我們可以清楚地看到，從春秋末年到漢代的傳統政教中心論的詩學，始終是從跟血緣至上觀念有密切聯繫的儒家倫理道德思想出發，去思考如何使《詩三百》成爲進行倫理道德教化的工具的。這樣思考的結果，雖然充分肯定了詩歌的社會性、倫理道德性的教育感化作用，不失爲有價值的成果。但是，從整體上來看，這樣思考的結果卻是：一方面，汩沒了《詩三百》的本意和藝術價值，使詩歌淪爲儒家經學的附庸，又使詩歌研究工作全都局囿在「成人倫，助教化」的「《詩》教」事功的框架中，去傳《詩》、說《詩》、箋《詩》，根本不能向詩歌的未知領域去開拓、去探索。據陳喬樅《三家詩遺說考》說，漢代經師傳《詩》均有師承「家法」，決不能「改師法」。而且，當儒家經學和讖緯迷信結合以後，這個「《詩》

教」事功框架還納入了讖緯神學中，即：「經，常也，有五常之道，故曰『五經』：《樂》，仁；《書》，義；《禮》，禮；《易》，智；《詩》，信也。人情有五性，懷五常，不能自成，是以聖人象天五常之道而明之，以教人成其德也」㉜，更在這個框架上添了一圈靈光，神聖不可冒瀆。另一方面的結果則是，窒息了創作詩歌的自由，阻止了詩歌的獨立發展。爲什麼戰國時代在儒學占優勢地位的北方，沒有留下一篇詩章，而只有儒學不甚流行的南方楚國出現了那麼優美的《楚辭》絕唱呢？爲什麼兩漢四百一十年，在文人詩壇上是那麼荒蕪寒寂，確如鍾嶸所指出的那樣：「詩人之風，頓已缺喪」，「惟有班固〈咏史〉，質木無文」呢？顯然，是政教中心論的詩學傳統，既禁錮了詩歌理論的發展，又禁錮了詩歌創作的獨立發展而造成的。

㉜《白虎通義・五經篇》。

二　文學自覺與鍾嶸「滋味」說

魯迅在〈魏晉風度及文章與藥及酒之關係〉中指出：我國以詩賦爲主的古代文學發展到魏晉，才進入了「文學的自覺時代」。他說：

(曹丕)說詩賦不必寓敎訓，反對當時那些寓訓勉於詩賦的見解，用近代的文學眼光看來，曹丕的一個時代，可說是文學的自覺時代，或如近代所說，是為藝術而藝術的一派[33]。

華麗好看，却是曹丕提倡的功勞[34]。

這所謂「寓教訓」和「寓訓勉於詩賦的見解」，就是指儒家政教中心論的詩學。可

[33] 《魯迅全集》第三卷，人民文學出版社一九七三年版，第四九〇頁至四九一頁。
[34] 同[33]，第四九三頁。

見，魯迅是把倡導詩賦創作要拋棄儒家政教中心論而著意講究詩賦要給人以「華麗好看」的美感，譽爲「文學的自覺」。所以，這「自覺」的涵義，乃是指文學藝術對自己固有本性的覺醒，卽：文學藝術不再充當儒家經學事功的附庸，對自己的審美特性，有了覺醒，並積極地發展自己的特性，爲自身特性的存在和發展爭取獨立自由的地位；而文學藝術理論對自己區別於其它學術理論的本性，卽應以探求文學藝術審美特性、內部規律爲自己的本性，也有了覺醒，也不再充當儒家經學事功的附庸。這種覺醒的本質特徵，就是文學藝術的創作和文學藝術的理論批評，都一反政教中心論的只講倫理道德教化功能，而強調唯美主義。因此，魯迅又稱作「爲藝術而藝術的一派」。這是針對許多個世紀以來都只許講文學藝術的倫理道德教化功能而言，在那時具有振聾發聵的覺醒、革新意義。正是由於文學藝術有了這種覺醒，從漢末建安開始，興起於民間的五言體抒情詩，因爲文人們的重視、摹擬與習作，不僅代替《詩經》四言「正體」，登上了文壇，而且出現了「以情緯文，以文被質」㉟的建安五言詩

㉟《宋書·謝靈運傳論》。

創作高潮。至此以後，五言抒情詩一直蓬勃發展，到鍾嶸撰著《詩品》時，相繼不斷地出現了正始、太康、元嘉、永明、齊梁等五言詩創作高潮，積累了「五言之制，獨秀衆品」㊱的創作詩歌藝術美的經驗，自覺追求詩歌審美創造，形成了「天下向風，人自藻飾」㊲的時代風尚。但是，也仍有一些死抱住儒家政教中心論詩學傳統不放的人，旣推崇《詩經》是「雅音之韻，四言爲正」，又貶責五言詩體爲「俳諧倡樂多用之」，「而非音之正也」㊳，還斥責五言詩爲「擯落『六藝』，吟咏情性」的「雕蟲之藝」，重申「古者四始六義，總而爲《詩》，旣形四方之風，且彰君子之志，王化本焉」㊴，是必須恢復的「《詩》教」傳統。鍾嶸則與這些死抱住儒家「《詩》教」的人不相同。他完全從「文學自覺」的觀念出發，去思考詩歌問題，因而，他以五言詩在審美創造上最有「滋味」的新成果爲依據，建立了詩歌「滋味」說，形成了關於

㊱《南齊書·文學傳論》。
㊲見於裴子野：〈雕蟲論〉。
㊳見於摯虞：《文章流別論》。
㊴同㊲。

詩歌必須產生美感效果的審美理論，並以這個理論作爲他創立審美中心論詩學體系的核心思想。他在引用〈毛詩序〉的思想資料時，有意地只節取了「動天地，感鬼神，莫近於詩」，來極力讚美詩歌最具有「驚心動魄」的美感力量，而拋棄了〈毛詩序〉這段上文的「正得失」，以及下文的「先王以是經夫婦、成孝敬、厚人倫」的這個「《詩》教」的根本教義；對〈毛詩序〉的「六義」說，他也只節取本爲詩歌藝術表現方法的「賦、比、興」，而砍掉了「風、雅、頌」，且對這套藝術表現方法的闡述，也不是依照漢儒的解說來立論，而是從詩歌創作角度作出了有美學自覺意義的新闡述：「文已盡而意有餘，興也；因物喻志，比也；直書其事，寓言寫物，賦也。」可見，鍾嶸否定和揚棄政教中心論詩學傳統的突出標誌，乃是徹底拋棄了從宗法倫理道德觀念出發來思考詩歌問題的思想方法，轉而積極採取了以文學自覺觀念來思考詩歌問題的思想方法，從而，建立了以審美中心論爲核心思想的詩歌「滋味」說。

那麼，再深入一步追溯，究竟是什麼原因促使我國古代文學發展史上的魏晉六朝，成爲「文學的自覺時代」的呢？其原因與鍾嶸建立的詩歌「滋味」說，究竟有無聯繫呢？

文學以人爲中心，文學創作和文學理論的覺醒，都跟人的自我意識的加強與自由發展息息相關。只有當人不僅意識到自己的個性存在，而且還在行動上努力追求自己人格獨立、個性存在、自我意識的自由發展時，文學自覺才有出現的可能性。東漢末年的農民起義，以及隨後軍閥混戰所引起的社會大動亂，沖垮了定儒道於一尊以禁錮人們自我意識發展的思想統治，使得新的魏晉玄學盛行於世；加上佛學也源源流入中土，並與玄學結合；再加上漢末魏晉六朝動亂的人生現實，恰恰造就了與人的覺醒有關而能促使文學走向自覺的思想條件。這思想條件的主要內容就是，魏晉玄學進一步發展了莊子追求精神絕對自由的心靈哲學，帶來了老莊美學思想的復興。

所謂魏晉玄學，本來就是通過注解、論述《老子》、《莊子》、《周易》而闡發的老莊思想，特別是「沉寂」了幾個世紀的莊子思想。聞一多先生曾指出：

莊子果然畢生是寂寞，不但如此，死後還埋沒了很長的時期。西漢人講黃老，而不講老莊。東漢初……，博學的桓譚連《莊子》都沒有見過。……兩漢竟沒有注《莊子》的。

一到魏晉之間，莊子的聲勢忽然浩大起來，崔譔首先給他作注，跟着向秀、郭象、司馬彪、李頤都注《莊子》。像魔術似的，莊子忽然占據了那全時代的身心，他們的生活，思想，文藝，——整個文明的核心是莊子。他們說「三日不讀老莊，則舌本間强」。尤其是莊子，竟是清談家的靈感的泉源。從此以後，中國人的文化上永遠留着莊子的烙印㊵。

莊子是繼老子之後反對儒家學派的代表人物，又是戰國時期憤世嫉俗而不肯與當政者合作的在野派代表人物。他和他的後學者不僅極端痛恨儒家那套倫理道德說教，而且

㊵《聞一多全集》第二卷，三聯書店一九八二年版，第二七九頁至二八〇頁。

主張超脫現實社會各種關係的限制達到精神絕對自由。

自虞氏招仁義以撓天下也，天下莫不奔命於仁義，是非以仁義易其性與？故嘗試論之：自三代以下者，天下莫不以物易其性矣。小人則以身殉利，士則以身殉名，大夫則以身殉家，聖人則以身殉天下。故此數子者，事業不同，名聲異號，其於傷性以身為殉，一也[41]。

屈折禮樂，呴俞仁義，以慰天下之心者，此失其常然也[42]。

若夫乘道德而浮遊，則不然。無譽無訾，一龍一蛇，與時俱化，而無肯專為；一上一下，以和為量，浮遊乎萬物之祖；物物而不物於物，則胡可得而累耶！[43]

---

[41] 《莊子・駢拇》，中華書局版郭慶藩輯《莊子集釋》本（下同）。

[42] 同[41]。

[43] 《莊子・山木》。

這三段話實際說明，儒家那套仁義道德，以及人的生活處境、社會地位、功利目的，都摧殘了人性，使人丟掉了生命，完全失去了自由。因此，莊子主張擯棄儒家的「禮樂」，忘懷毀譽得失，一切以順應自然為原則，使自己的心靈與萬物的根源一起遨遊，主宰外物而不被外物所役使，從而，獲得無限自由而無任何牽累。莊子認為，這是最理想的自由生活境界，他稱為「得至美而游乎至樂」[44]。但在人際關係、物際關係都相互依存又相互制約的現實社會中，這種自由生活境界只能是「子虛烏有」。而莊子則用他以「道」為核心的哲學思想，反覆論證闡述人們可以超越現實社會而追求到這種自由生活境界。怎樣超越和追求呢？莊子認為，「道」是宇宙萬物產生、發展的根源與規律，其本質特徵是自然無為，人的生活態度只要宗「道」為師，也像它一樣地自然無為，並通過「心齋」、「坐忘」，從心理上泯滅榮辱、利害、得失等等世俗差別，體認到人和大自然的一體感與融和感：「凄然似秋，煖然似春，喜怒通四時」[45]；

[44] 《莊子・田子方》。
[45] 《莊子・大宗師》。

「靜而與陰同德，動而與陽同波」[46]，以進入「與天（自然界）和者，謂之天樂」[47]的境界，就追求到了「至美至樂」的自由生活。這實際上是使人的精神世界融會於大自然中，去獲得超越現實社會的審美愉悅，從而，把所要追求到的無限自由的「至美至樂」境界，寄托在對大自然的審美觀照之中。《莊子·知北游》中說的：「天地有大美而不言」，「聖人者，原天地之美而達萬物之理，是故至人無爲，大聖不作，觀於天地之謂也」，就是這個意思。所以，莊子熱烈嚮往的無限自由的生活態度，實際就是超越實用功利目的的審美態度，因而，他的思想不但具有動搖和突破束縛個性的儒家「禮樂教化」的作用，而且具有美學性質，許多哲學命題，同時也就是藝術審美創造、藝術審美功能的美學命題。它由老子思想發展而來，但比老子《道德經》的五千言，更富有「理智的冷艷」和「情感的溫馨」，更富有「精微奧妙的思想」與「詩的奇妙的化合」，因而，與老子思想中的美學思想的一些理智抽象範疇結合在一塊，蘊

[46]《莊子·刻意》。
[47]《莊子·天道》。

涵著「韻致深醇」的美學哲理，「比起儒家，比起『溫柔敦厚』那教條來，應用的地方也許還要多些罷？」[48]魏晉以前，老莊思想一直被湮沒，當然它們的美學思想也被埋沒；現在，魏晉玄學家特別崇尚老莊，尤其崇尚莊子，而且，以其對《莊子》的大量注釋和解說、論述，突出莊子肯定個性、蔑視儒家禮法、追求精神無限自由的思想。阮籍在〈達莊論〉中，就明確地把莊子的「逍遙」解說為：「順情適性」，強調萬物都有各自的個性，人生的樂趣就在於精神自由、個性得到自由自在的滿足[49]；而嵇康則更為明確地提出「越名教而任自然」的命題[50]。這樣，就不僅使追求精神絕對自由的莊子思想風行於世，促進了魏晉文人的思想的解放，同時也自然就使「韻致深醇」的老莊美學復興於世了。西晉以後的南朝統治者，在他們奪得政權且使政局穩定之後，雖然也曾強調應倡導儒學，還曾力圖挽回定儒道為一尊的統治地位，但卻又終究

---

[48] 見於《朱自清古典文學論文集》（上），上海古籍出版社一九八一年版，第一二九頁。
[49] 參見阮籍：〈樂論〉。
[50] 見於嵇康：〈釋私論〉。

無力回天，思想領域中總是「玄禮雙修」，齊梁時，則還有儒、道、釋「三教同源」之說。從魏晉到齊梁的文人們，大都不受定儒道於一尊的禁錮、束縛，較爲普遍地接受了復興於世的老莊思想的影響，進而出現了與人的自我意識的覺醒有關而能促使文學創作、文學理論走向自覺的思想契機。概而言之，其思想契機，主要表現在下列審美意識、美學命題、審美範疇的演變和發展之中。

㈠「人物品藻」

魏晉時代，自曹丕確定選拔官員的「九品論人中正制」以後，原來在漢代已有的「人物品藻」風氣，就在士大夫之間更爲廣泛地盛行起來，成了玄學清談的主要內容。但是，玄學家們的「人物品藻」，已完全不像漢代那樣：專重人物的經學造詣和儒家道德品行，以及「禮法」所規定的外在容飾與威儀，而是直接愛賞人物內在的那種「超凡絕俗」的人格個性之美，以及這種個性之美形之於外的姿容神態之美。這在《世說新語·容止》中，有許多生動記載：

驃騎王武子，是衞玠之舅，儁爽有風姿，見玠輒嘆曰：「珠玉在側，覺我形穢。」

嵇康身長七尺八寸，風姿特秀。見者嘆曰：「蕭蕭肅肅，爽朗清舉。」或云：「肅肅如松下風，高而徐引。」山公曰：「嵇叔夜之為人也，岩岩若孤松之獨立；其醉也，傀俄若玉山之將崩。」

裴令公有儁容儀，脫冠冕，粗服亂頭，皆好，時人以為玉人。見者曰：「見裴叔則，如玉山上行，光映照人。」

時人目王右軍，飄如游雲，矯若驚龍。

像這樣以玉作比喻來形容人格美，在先秦兩漢儒家著作中，也是屢見不鮮的。但儒家的著眼點是道德，它講的人格美就是「仁」德之善，如《荀子・法行》云：「夫玉者，君子比德焉：溫潤而澤，仁也。」而《世說新語》所記載的這些以玉和自然美景為比喻的「人物品藻」，顯然是直接鑒賞人格個性和神姿風貌之美，以玉來形容人物的高清遠致的風韻，具有純粹的審美意味，既不是「君子比德以玉」，也不具有「察人物彰其用」的實用價值。而這種轉變的出現，則與莊子美學思想中關於心理上與自然山水美交融情感以拓展心胸的見解，有密切聯繫。《莊子・外物》中說：「室無空虛，則婦姑勃谿；心無天游，則六鑿相攘。大林丘山之善於人也，亦神者不勝」，魏晉文人受莊子這種見解的影響，就很喜愛從求得心理上的寄托而與自然山水交融情感的角度，遊山玩水，直接在欣賞山水美中獲得審美樂趣，而不是按儒家的山水「比德」說51，硬把道德觀念強加於自然山水上。這在《世說新語・言語》中，也有許多生動記載：

顧長康從會稽還。人問山川之美，顧云：「千岩競秀，萬壑爭流，草木蒙籠其上，若雲興霞蔚。」

51 「比德」說，濫觴於孔子所說「知者樂水，仁者樂山」（《論語・雍也》）。其後，荀子和劉向明確地提出了「君子比德」說。見於《荀子》中的〈法行〉及〈宥坐〉，劉向的《說苑・雜言》。

> 王子敬云：「從山陰道上行，山川自相映發，使人應接不暇，若秋冬之際，尤難為懷。」
>
> 簡文入華林園，顧謂左右曰：「會心處不必在遠。翳然林水，便自有濠濮間想也，覺鳥獸禽魚，自來親人。」

土地山川草木，「自相映發，使人應接不暇」；「鳥獸禽魚」，使人感到「自來親人」。這表明，魏晉文人已經發現，自然山水之美是以其自然生機既「外在於我」又「關係到我」的自然美，本身就具有獨立的審美價值，從而也就肯定了欣賞山水美的娛樂消遣作用和引起心理愉悅的審美特性，並使欣賞山水美成了魏晉文人玄學清談的又一項重要內容，追求「以玄對山水」的那種「超遠玄淡」的審美情趣，而不去搞道德比附。這種關於自然美欣賞觀念的變化，以及上述「人物品藻」角度與內容的變化，反映了魏晉時人審美意識的突出演進和發展。再進一步，就引起了關於文學藝術功能看法的變化，人們不再強調文學藝術的「成人倫、助教化」的政教功能，轉而開始強調文學藝術的審美功能。曹丕《典論・論文》說：「詩賦欲麗」；陸機〈文賦〉說：「詩緣情而綺靡，賦體物而瀏亮」；東晉符玄《符子》說：「夫文采之在人，猶榮華之在草」。這都是倡導詩賦創作要講究有「華麗好看」的審美特性。

(二)「澄懷味象」

這個美學命題是前於鍾嶸五十餘年的宋代畫家宗炳提出的。他是玄佛合流的佛教徒，撰有〈明佛論〉說：「若老子與莊周之道、松喬列眞之術，信可以洗心養身。」[52] 還以老莊美學思想來闡發其繪畫理論：「聖人含道應物，賢者澄懷味象」[53]。這就是說，「聖人」以明靜的心境掌握自然之道，是爲了「應物」，卽處理事物；「賢者」以明靜的心境掌握了自然之道，是爲了「味象」，卽從自然山水形象中得到審美愉悅和享受。可見，「澄懷味象」乃是一個表述繪畫藝術創作的目的是在於審美的命題。

---

[52] 《弘明集》卷二。
[53] 〈畫山水序〉。

而宗炳在這裏所使用的「味」這個概念，就是經由老子和魏晉玄學家王弼，將它發展爲區別於味覺快感而專門用來作審美概念的。據《左傳》記載，早在西周就已經有「聲亦如味」的說法，明確地用「味」來比喻音樂的美感，亦卽用味覺顯示音樂美感直接作用於感官的特徵。但是，美感是以引起心靈愉悅的感性形式而表現著的人的高級精神活動。用「味」來比喻，並不能充分顯示其特徵。因此，老子以其對美感特徵和美感因素的認識，對「味」作了一番將其深化爲比喻美感的論述。他說：「樂與餌，過客止。道之出口，淡乎其無味：視之不足見，聽之不足聞。」❺❹王弼在《老子道德經注》中，又加以闡發說：「人聞道之言，乃更不如樂與餌，應時感悅人心也。樂與餌則能令過客止，而道之出言，淡然無味。視之不足見，則不足以悅其目；聽之不足聞，則不足以娛其耳。」❺❺這些論述與闡發，將音樂「令過客止」的美感吸引力，與「餌」的美味「令過客止」的吸引力相提並論，又用「無味」來比喻抽象的

❺❹《老子・三十五章》。

❺❺《王弼集校釋》上册，中華書局一九八〇年版，第八八頁。

「道之言」不能給人以美感享受，雖然都還是以味覺顯示美感的直接性特徵，但是，對「道之言」所以「無味」的分析，卻不是從味覺感受上找原因，而是從視覺與聽覺感受上找出其「無味」的原因乃是：不能悅目娛耳，又不能「感悅人心」。這就把本來跟視聽感官沒有聯繫的「味」，不僅與視聽感官聯繫起來了，而且還與美感因素中的悅目娛耳和心靈愉悅，也都聯繫起來了。這種聯繫使原指吃食物引起口舌愉快感覺的「味」，完全變成了音樂引起審美主體有悅目娛耳和心靈愉悅之感的「味」；同時，還深刻地表明：這種「味」是從視覺和聽覺感官功能中產生的，不是從味覺感官功能中產生的。正如黑格爾所說：「藝術的感性事物只涉及視聽兩個認識性的感覺，至於嗅覺、味覺和觸覺則完全與藝術欣賞無關。」㊻而藝術之所以「只涉及視聽兩個認識性的感覺」，則是因為美感屬於人的高級精神活動，只能由具有「認識性」的視聽感覺來實現。可見，老子和王弼確乎把「味」發展成為區別於味覺快感而專門用來

㊻ 黑格爾：《美學》第一卷，商務印書館一九七九年版，第四八頁。

作審美概念了。宗炳則進一步把「味」和藝術形象的「象」聯繫起來，既強調繪畫藝術的功能在審美，又指出繪畫藝術要有審美形象，才能引起「味」——美感享受。這就是藝術的自覺和自覺的藝術概念。在宗炳前後的陸機、劉勰等人，都曾用「味」作爲審美概念，表述他們關於詩賦作品必須具有美感的見解：

或清虛以婉約，每除煩而去濫，闕大羹之遺味，同朱絃之清氾。雖一唱而三嘆，固既雅而不艷[57]。

根柢槃深，枝葉峻茂，辭約而旨豐，事近而喻遠，是以往者雖舊，餘味日新[58]。

四序紛迴，而入興貴閑；物色雖繁，而析辭尚簡。使味飄飄而輕舉，情曄曄而更新[59]。

---

[57] 陸機：〈文賦〉。
[58] 劉勰：《文心雕龍．宗經》。
[59] 劉勰：《文心雕龍．物色》。

聲畫妍蚩，寄在吟咏；吟咏滋味，流於字句[60]。

深文隱蔚，餘味曲包[61]。

這些見解已開始把「味」作爲詩賦創作和批評鑒賞的重要原則，要求詩賦內容、語言形式、表現技巧，都要爲了使作品有「味」，這是對於文學審美功能的自覺認識更深化的表現。它當然和老莊美學思想的影響是有關的。

㈢「得意忘象」

這個命題是王弼提出的。它起源於先秦以來廣爲流行的「言不盡意」之說。莊子曾明確地指出：「語之所貴者，意也，意有所隨；意之所隨者，不可以言傳也。」[62]

---

[60] 劉勰：《文心雕龍・聲律》。

[61] 劉勰：《文心雕龍・隱秀》。

[62] 《莊子・天道》。

又說：「可以言論者，物之粗也；可以意致者，物之精也；言之所不能論，意之所不能察致者，不期精粗焉。」⓷成玄英對後一段論述曾解說道：「夫言及精粗者，必期限於形名之域，而未能超於言象之表也」，「神口所不能言，聖心所不能察者，妙理也。必求之於言意之表，豈期必於精粗之間哉！」⓸這些解說是符合莊子原意的。它表明，莊子看到了邏輯思維和抽象的語言概念中的有限與無限的矛盾，發現了邏輯思維和抽象的語言概念的局限，認爲它們不能窮盡地去思考或表達宇宙間的許多事物，亦卽宇宙間有許多事物是「言之所不能論，意之所不能察致」的。怎樣解決這矛盾呢？成玄英的解說認爲，莊子是以「求之於言意之表」來解決的，也就是用「寄意言外」的方法來解決的。而全部《莊子》也確乎是「廣爲設譬」和「深於取象」，幾乎用了十分之九的形象性的寓言故事，來寄寓他那最深難表的「妙理」，例如，〈逍遙遊〉中「北冥有魚」的寓言，就寄寓了超越時空限制以追求無限自由的哲學思想。

⓷《莊子·秋水》。

⓸見於郭慶藩輯：《莊子集釋》卷六下。

在莊子看來，這種寄寓著哲學思想的形象，雖然是用語言文字表述的，但理解它們所寄寓之意，則不能拘泥於語言文字，所以，他又提出「得意而忘言」的方法，即《莊子・外物》中已爲大家所熟知的那段話：「荃者所以在魚，得魚而忘荃；蹄者所以在兎，得兎而忘蹄；言者所以在意，得意而忘言。吾安得夫忘言之人而與之言哉！」成玄英解釋這段論述中的末句說：「忘言得理，目擊道存，其人實稀，故有斯難也。」[65]可見，「得意而忘言」的方法，就是強調不要拘泥於表述寓言故事的語言文字，而要用「目擊道存」的形象直覺方法，去領悟出超於寓言形象之外的「妙理」。另外，在《莊子》一書編撰的戰國時期，《周易・繫辭傳上》也提出了「言不盡意」的問題，主張「立象以盡意」，即用物象作形象性的譬喻來表述《易》理。王弼以老莊解《易》，於是就援用莊子「得意而忘言」的方法，作《周易略例・明象章》，而加以進一步的發揮，文中說：「盡意莫若象，盡象莫若言」，然「言者，所以明象，得象而

[65] 見於郭慶藩輯：《莊子集釋》卷九上。

忘言；象者，所以存意，得意而忘象」[66]。魏人荀粲則認爲：「蓋理之微者，非物象之所舉也。今稱立象以盡意，此非通於意外者也」，「斯則象外之意」，「固蘊而不出矣」[67]。這種「得意忘象」和「象外之意」的命題，明確地強調以形象性的譬喻而不是抽象的概念性的言詞，去表達無限深幽的玄理，又明確地強調不要拘泥和執著於表述形象性譬喻的語言文字，而要領悟出超於形象性譬喻之外的無限深幽的玄理。雖然這本意是哲學命題，是講如何認識玄學的本體之「道」，以及如何解說《易》理，但卻揭示出了一條審美規律：用語言文字描寫的形象能引發聯想、想像，所以，形象大於思想，優於抽象的概念性的言詞。這對於作家和文藝理論家認識藝術形象的審美特徵和創造藝術形象的藝術規律，給了很大的啟示。從魏晉以來，許多詩人在創造詩歌藝術形象時，都自覺地注意不拘泥於物象的死板刻劃，而著意於描繪出能給人以暗示、啟發、聯想的藝術形象。一些文藝理論家則注意自覺地總結這種藝術形象的創作

---

[66] 見於《王弼集校釋》下册，中華書局一九八〇年版，第六〇九頁。
[67] 見於《三國志・魏書・荀彧傳》注引何劭〈荀粲傳〉。

經驗，如劉勰提出：「情在詞外曰隱，狀溢目前曰秀」（見張戒《歲寒堂詩話》），「隱之爲體，義生文外」68，就是強調藝術形象要使接受者能獲得「象外之意」。顯然，劉勰的說法與上述莊子、王弼、荀粲的命題，有一定的理論淵源關係。而劉勰的說法，則與現今所說的接受美學頗有相似之處。它標誌著有美學自覺意義的詩歌藝術形象論的出現。

總之，通過以上對「人物品藻」、「澄懷味象」、「得意忘象」的說明，可以看到，魏晉玄學確乎帶來了老莊美學的復興，從而，也就促進了文學藝術和文學藝術理論進入了自覺發展的時代。

鍾嶸一生跨越宋齊梁三代69。在他生活的時期內，思想領域裏不僅「玄禮雙修」，而且上層士族多好已與玄學結合的佛學、佛教。據《南史・鍾嶸傳》載：鍾嶸「明《周易》」，「有思理」。《周易》中的〈易傳〉明顯地包含有道家思想。並且，

68 同61。
69 鍾嶸約生於宋明帝劉彧泰始二年（四六六），卒於梁武帝蕭衍天監十七年（五一八）。

《周易》在魏晉玄學中，是與《老子》、《莊子》並稱爲「三玄」的典籍。而齊梁時期通用和爲人崇尚的《周易》注本，正是玄學家王弼發揮老莊思想的《易注》及《周易略例》。《南齊書·陸澄傳》所載陸澄給鍾嶸老師王儉的信中，就有「眾經皆儒，惟《易》獨玄」的記述。這表明，鍾嶸所明曉的《周易》，實爲明曉玄學家王弼所注《周易》。湯用彤先生曾經指出：「王弼爲玄宗之始」，他依「寄言出意」方法解《周易》，「漢代經學轉爲魏晉玄學，其基礎由此而定」⑩。事實上，鍾嶸既吸取「澄懷味象」的老莊美學思想資料，建立起詩歌「滋味」說；又受「得意忘象」老莊美學命題的影響，把「興」解爲「文已盡而意有餘」。「文已盡」如何才能「意有餘」呢？鍾嶸提出通過「直尋」與「窮情」的規律以創造「興象」來達到（詳見第三章第二節）。顯然，鍾嶸以「滋味」說爲其審美中心論的核心思想，與魏晉玄學所復興於世的老莊美學思想，有著極爲密切的聯繫。不了解這種聯繫，就很難理解其審美

⑩ 見於湯用彤：《學術論文集》，中華書局一九八三年版，第二一六頁。

中心論的詩學理論意蘊和精神實質。因此，本章以較多的篇幅介紹了一些老莊美學復興於世的情況，以便作為下面各章探索鍾嶸審美中心論詩學體系及其理論意蘊的背景材料。

第二章　鍾嶸審美中心論詩學體系的結構

鍾嶸既以「滋味」說爲其審美中心論的核心思想，因而，他就從這一核心思想出發，在詩歌創作上，要求以「滋味」爲詩歌創作的固有特性；在詩歌作用上，要求以「滋味」爲詩歌作用的首要目的；在詩歌的評論上，要求以「滋味」爲詩歌批評的最高標尺，並用這三項要求作爲他構建其全部審美中心論詩學體系的結構。由於鍾嶸的詩學具有以文藝隨筆方式表述其見解而又自成體系的特點，所以，下面就將散見於《詩品》兩大部分中的有關這三項要求的論述，加以集中歸納，並作些論述。

一 以「滋味」爲詩歌創作的固有特性

如前所述，鍾嶸的「滋味」說，是以五言詩在創作上所取得的新成果爲依據的。對此，〈詩品序〉中有一段精彩的論述：

夫四言，文約意廣，取效《風》《騷》，便可多得，每苦文繁而意少，故世罕習焉。五言居文詞之要，是衆作之有滋味者也，故云會於流俗。豈不以指事造形，窮情寫物，最為詳切者耶！

這段論述用言簡意賅而又邏輯分明的語言，從詩歌創作角度，以五言詩體新成果爲依據，在詩歌社會價值、詩體審美創造能力等方面，逐層揭示出了詩歌創作的固有特性在於「有滋味」，明確地主張詩歌創作應以能引起鑒賞者產生美感效果爲其固有特性。

首先，鍾嶸不僅總結出了五言詩超乎「眾作」之上的新成果在於「有滋味」，而且指出了五言詩之所以爲世俗大眾所喜愛，「會於流俗」，也正在於「有滋味」。這就在充分肯定五言詩比「眾作」更具有社會價值的前提下，把詩作能否引起鑒賞者產生美感效果的「滋味」，提高到了詩歌創作的首位，認爲詩歌的固有特性就在於：能否引起鑒賞者有咀嚼不盡的「滋味」。

第二，鍾嶸接著指出，五言詩成爲「眾作之有滋味者」的原因，主要在於這種詩體創造藝術容量的能力，勝過了四言詩體的「文繁而意少」。這又進一步地從詩體審美創造的能力上，把美感效果的「滋味」與詩體的藝術容量聯繫起來，從而更爲具體地揭示出了「滋味」是詩歌創作的固有特性。何以見得呢？

大家知道，四言詩體以四字爲一句，兩字爲一拍，既構成了二拍式的「雙音頓」，又形成了意義單位與節奏單位必須完全一致的定格。這樣，就使四言詩創造藝術容量的能力，本來就有正負背反的兩重性。「正」的一面是：由於「雙音頓」的規範，促使寫四言體的詩人既著意講究又善於運用重言詞、雙聲疊韻詞去寫物狀貌，因而，在藝術表現力上，就具有鍾嶸說的「文約意廣」的優點，也就是劉勰所說的：「『灼灼』狀桃花之鮮，『依依』盡楊柳之貌，『杲杲』爲出日之容，『瀌瀌』擬雨雪之狀，『喈喈』逐黃鳥之聲，『喓喓』學草蟲之韻。『皎』日『嘒』星，一言窮理；『參差』『沃若』兩字窮形；並以少總多，情貌無遺矣。」❶負的一面則是，由於受「雙音頓」的節奏限制，加上意義單位與節奏單位又非一致不可，以致語句短促，很難將單音詞與雙音詞相配合，這就勢必使詩人只能以重言詞、雙聲疊韻詞去寫一草一木之「狀」，而不能用新的技巧去由「狀物」進而寫出景象。這就是錢鍾書先生所說的：「竊謂《三百篇》有『物色』而無景色，涉筆所及，止乎一草、一木、一水、一石」，不能「以數物合布局面，類畫家所謂結構、位置者，更上一關，由狀物進而寫景。」❷這也就是說，《三百篇》的作者因受四言格式的制約，還沒有描繪出多種景

---

❶ 見劉勰：《文心雕龍·物色》。
❷ 見錢鍾書：《管錐篇》第二册，第六一三頁，中華書局一九七九年版。

物以構成寓情於景或融景入情的「興象」。當然，《詩三百》中，也並非完全沒有通過寫景以構成「興象」的篇章，如：

蒹葭蒼蒼，白露為霜。所謂伊人，在水一方。溯洄從之，道阻且長；溯游從之，宛在水中央❸。

昔我往矣，楊柳依依。今我來思，雨雪霏霏。行道遲遲，載渴載飢。我心傷悲，莫知我哀❹。

但是，這些篇章的「興象」也還不是由多種景象構成的情意深長的圖景。所以，總的說來，四言詩體終因語句短促，表達一個意思往往需要較多的詩句，而且在四字句的限制下，也不完全可能用一句或兩句寫出兩種或兩種以上的景物，並進而「以數物合

❸ 見〈秦風・蒹葭〉。

❹ 見〈小雅・采薇〉。

布局面」，構成情意深長的「興象」，而如果要做到這一點，就只能從增加詩句上找出路，結果就會拉長篇幅而情意卻很單薄，出現鍾嶸所說的「文繁而意少」的弊病。以奇句格式構成的五言詩體則不會這樣。它的每一句中，雖只增加了一個字，但因其音頓，既可二二一，又可二一二，句中詞語的組合和句與句的承接聯合，就都比四言體靈活多了。因此，五言詩體既擴大了詩句的藝術容量，也就增強了藝術的創造和表達能力。一般來說，四言詩體要用兩句才能表達出一個完整的意思，五言詩體則只要在一句中的第三字或第五字上，用一個動詞，就可以表達了。而且，五言詩體的語法結構，還可以用一句或兩句組成連動句式、兼語句式、包孕句式，表達出由多種景物組成的包含有多重藝術容量的「興象」。例如鍾嶸贊美爲「奇章秀句」的謝朓詩作，其〈之宣城出新林浦向板橋〉中的名句：「天際識歸舟，雲中辨江樹」，就不僅每句都表達了一個完整的意思，而且還由這兩句所表達的兩個完整的意思，構成了一幅包含多重藝術容量的圖畫：詩人乘船辭別朋友溯江而上，江面上帆影點點，卽將從視野中消逝，但回首極目眺望，還能認出那正是歸去的船隻；再仔細辨認，還可看出，那隱現在天邊雲霧中的樹林，就是此行辭別朋友的離別之處。句中在第三字上，用了「識」與「辨」兩個動詞，更展現出了詩人極目回望的專注神情，把詩人對朋友的無限眷戀之情和惆悵傷感的心理活動，都傳達出來了。清代王夫之評這兩句詩爲：「隱然一含情之人呼之欲出，從此寫景，乃爲活景。」❺這裏所說的「活景」，就是指給鑒賞者提供的具體可感而又能引發聯想的審美「興象」。而這個審美「興象」則正是用五言體詩句構造的，因而，包含有上述多重藝術容量，能引發鑒賞者的想像與聯想，使之獲得豐富而持久的美感。這也就是鍾嶸所說的：「文已盡而意有餘」。當然，決定詩人能否寫出具有這種審美「興象」的詩作的條件，是多方面的，詩人是否眞有藝術才能，更是重要條件。但五言詩體擴大了詩句的藝術容量的能力，又增強了詩句的表現力，卻爲詩人施展才能以創造審美「興象」，提供了比四言詩體有回旋餘地的條件。沒有這條件，縱有藝術才能，也無法施展。可見，鍾嶸確乎從詩體審美創造的能力

---

❺ 見王夫之：《古詩評選》卷五。

上，把美感效果的「有滋味」與詩體的藝術容量聯繫起來，更爲具體地揭示出了「滋味」是詩歌創作的固有特性。

第三，鍾嶸還指出，五言詩體之所以有「滋味」，還在於這種詩體能旣「詳」且「切」地「指事造形，窮情寫物」。從字面上看，所謂「指事造形，窮情寫物」，就是旣形象地描述社會人事和各種事物的形貌，又充滿激情地描繪自然景物和各種事物。但從鍾嶸整個詩學體系角度來看，其實是指創造詩歌審美「興象」的一條根本規律（詳見第三章第二節所論）。因此，所謂「詳」與「切」，都是針對四言詩體的「文約」而言，實際是指五言詩體在描述和描繪社會人事和自然景物的廣度與深度上，能使詩人更好地運用這個創造審美「興象」的根本規律。這就更進一步地從詩體審美創造能力上，把美感效果的「滋味」與創造審美「興象」的根本規律聯繫起來，從而，深入一層地揭示出了「滋味」是詩歌創作的固有特性。

〈詩品序〉中，還有一段區別詩歌與哲學論著各有不同品格的論述，也揭示了詩歌的固有特性在於「滋味」。它說：

永嘉時，貴黃老，稍尚虛談，於時篇什，理過其辭，淡乎寡味。爰及江表，微波尚傳，孫綽、許詢、桓、庾諸公詩，皆平典似《道德論》，建安風力盡矣。

鍾嶸在這段話中，首先指出興起於西晉末年永嘉時代的玄言詩，由於「理過其辭」，因而，「淡乎寡味」，沒有美感。所謂「理過其辭」，就是概念化的玄學議論掩蓋了生動形象的詞采。對於孫綽、許詢、桓溫、庾亮等人的玄言詩，鍾嶸更尖銳指出，它們都像闡發老莊玄理的《道德論》之類的哲學論著，完全失去了詩歌的「風力」之美，亦卽失去了強烈地作用於人們的情感而給人以審美感動的審美特徵（「風力」的涵義，詳見第三章四節所論）。事實上，大多數玄言詩也確乎是押韻的玄理口訣，如孫綽的〈答許詢〉云：

仰觀大造，俯覽萬物。機過患生，吉凶相拂。智以利昏，識由情屈。

野有寒枯，朝有炎郁。失則震驚，得必充詘❻。

這無非是說，宇宙間的萬事萬物，諸如機與患、吉與凶、寒與炎、得與失等等，都變化無常，得之不足喜，失之不必憂，完全是老莊思想中相對主義的注疏，那裏像詩？可見，鍾嶸把詩歌和哲學論著各有不同的品格作了區別：前者是藝術品，作用於人的情感，必須具有美感「滋味」；後者是抽象說理的哲理科學，作用於人的理智，從而指明了詩歌創作的固有特性在美感「滋味」。這裏，還要特別強調地說明一下：鍾嶸只反對失去美感的概念化的玄言詩，並不反對具有美感而又含有玄理的詩歌。像謝靈運的山水詩，就包含有不少玄理，例如，〈石壁精舍還湖中作〉的最後四句：「濾淡物自輕，意愜理無違；寄言攝生客，試用此道推」，就表達了老莊玄理和養生之道。但是，從這首詩的整體來看，開頭四句：「昏旦變氣候，山水含清暉；清暉能娛人，游子憺忘歸」，著重寫了詩人遊山玩水的情致，同時也寫了景；接著，描繪了泛舟湖

❻ 孫綽五言詩僅存三首，而所存四言詩最能見其玄言詩特色，故舉此四言詩一首爲例。

上所見的奇秀山水景色：「林壑斂暝色，雲霞收夕霏；芰荷迭映蔚，蒲稗相因依」；最後，寫舍舟登岸，高臥於東窗之下，心情怡然自得，不禁想到了前面所引四句中說的老莊玄理和養生之道。而這種玄理的思索是與前面所寫山水之景及詩人的感受有著一定聯繫的，因而不是純理性的說教，而多少有些「理趣」。所以，鍾嶸認爲謝靈運的詩歌具有美感，不但評爲上品，而且贊美說：「名章迴句，處處間起；麗典新聲，絡繹奔會。」由此也可見，鍾嶸很強調把「滋味」放在詩歌創作的首位，把詩作能否引起鑒賞者產生美感視爲詩歌創作的固有特性。

二　以「滋味」爲詩歌作用的首要目的

鍾嶸以「滋味」爲詩歌作用的首要目的，就是把詩歌使人產生審美感動的作用視爲詩歌功能的首要目的，強調詩歌有其自身的審美價值，反對把詩歌僅僅看成是一種「諷喻」的手段。鍾嶸視「滋味」爲詩歌作用首要目的的這些實質性的見解，歸納其表述，可概括為三說——

(一)「驚心動魄」說

前已述及，鍾嶸在引用〈毛詩序〉的思想資料時，拋棄了「正得失」，「經夫婦，成孝敬，厚人倫」的儒家《詩》教的功利信條，只節取了「動天地，感鬼神，莫近於詩」的語言資料，來極力贊美詩歌最具有「驚心動魄」的美感力量。除此之外，鍾嶸還在評贊《古詩》時，明確地提出了「驚心動魄」說：

> 文溫以麗，意悲而遠，驚心動魄，可謂幾乎一字千金。

鍾嶸所評的《古詩》，雖多數早已亡佚，流傳至今的，只有收入蕭統所編《文選》中的《古詩十九首》，但這十九首的內容，的確多為抒寫悲愴之情。而且，所抒悲愴之情，大多都是把生命短促、人生無常、生活坎坷、歡樂少有、悲傷甚多的感慨，與生離死別、節候變化、人事滄桑種種日常現實生活，交織揉雜在一起，構成情意深邈的

「興象」，並用質樸清新而又優美秀麗的語言表現出來，使得這種悲愴的抒情旣含蓄深厚，又悱惻悲涼，特別具有打動讀者心靈的巨大美感力量，正如梁啟超在＜中國之美文及其歷史＞中所說：「十九首之價值，全在意內言外，使人心醉，其眞意所在，苟非確知『其事』，則無從索解，但就令不解，而優飫涵諷，已移我情。」❼就拿＜迴車駕言邁＞來看：

迴車駕言邁，悠悠涉長道。四顧何茫茫，東風搖百草。所遇無故物，
焉得不速老！盛衰各有時，立身苦不早。人生非金石，豈能長壽考！
奄忽隨物化，榮名以為寶。

這是一首典型的哀嘆人生無常和生命短促的悲歌。詩人在人生的征途上，看到節候變化和草木盛衰，感到流光易逝和人生短促，因而想到「立身」宜「早」，「榮名」可

❼ 見《飲冰室合集》。

「寶」。但是，詩人並不是發表這種抽象的議論，而是首先在詩的開頭四句，就既勾畫出一個駕著馬車的人在悠悠的長道上茫然而孤獨地向前求索的形象，又創造了一種寂寥空曠的景象與無所適從的心情相融合的詩境，形成了一種淒清索漠的氛圍，從而顯示出了人生旅途的悠遠渺茫，暗示出了對時光易逝、物榮有時的苦惱。緊接著發出因「所遇無故物」而產生的感慨——人啊！哪能「不速老」？下面，不僅直抒因生命短促而應趕早把握住它的悲愴心情，而且有著生動的描繪：「人生非金石，豈能長壽考！奄忽隨物化，榮名以爲寶」。這確實把在有限的人生中還想掙扎一番的苦悶心情，化成了有聲有色的慨嘆，把無可名狀的那種對人生易老的巨大悲痛，表現得力透紙背，使人讀後不能不受感動，不能不受其對短促生命的執著追求之情的感染，因而具有激動人心的美感力量。鍾嶸以在鑒賞品評中發表美學見解的方式，把《古詩》所具有的這種審美感動力量及其作用，概括爲「驚心動魄，可謂幾乎一字千金」，就是主張詩歌作用的首要目的在於：以深沉而巨大的美感力量，使人產生審美感動。在鍾嶸看來，詩歌並非不具有「諷喻」教育作用，但這種教育作用必須遵循首先給人以審美感動的原則，因此，他還提出：「得詩人激刺之旨」的詩歌，一是「雅意深篤」，二是「華靡可諷味」（見應璩詩評語），即由詩意含蓄深厚和形式風華淸靡而產生出的藝術美感，能吸引人們反復品味，帶來審美感動。基於這種看法，鍾嶸對於缺乏美感而直接對人們進行「諷喩」的詩歌，是多加貶抑的。如批評嵇康諷刺時政的詩，「過爲峻切，訐直露才，傷淵雅之致」，就是指出嵇康的詩雖有「諷喩」作用，卻不能以含蓄蘊藉的藝術美所產生出的美感力量，激起人們心中的審美感動。

(二)「陶性靈，發幽思」說

所謂「陶性靈，發幽思」，是鍾嶸品評阮籍〈咏懷〉詩時提出的。他說：

> 〈咏懷〉之作，可以陶性靈，發幽思。言在耳目之內，情寄八荒之表，……使人忘其鄙近，自致遠大。

這雖是就阮籍〈咏懷〉詩說的，但實際上卻揭示出了詩歌社會功能的特殊性，乃是以其激起人們審美感的作用而陶冶人們的情性，迪啟人們深邃的思考，引發人們豐富的聯想，從而，去掉凡俗之見，使精神升華到超凡絕俗的境界。顯然，這不是把詩歌陶冶人們情操的目的，外在於美感作用之外，而是強調這個目的正是通過美感作用達到的。這也就是說，詩歌教育作用及其效果，既如實地存在於詩歌自身由其藝術美而產生出的美感力量中，又是通過接受者的審美欣賞而產生出的審美感動來實現的。所以，「陶性靈，發幽思」說，也是主張詩歌作用的首要目的，是以深沉而巨大的美感力量，使人產生審美感動。

(三)「美贍可玩」說

鍾嶸在評論曹丕詩作時，既指出他有一百來篇詩作，「率皆鄙質如偶語」，即大多數都俚俗質樸，跟人們平常的口語差不多；又指出：「惟『西北有浮雲』十餘首，殊美贍可玩。」這就把詩歌自身的可供人們欣賞的藝術美，作爲詩歌作用的一種目的，並且，反對用毫無美感的「鄙質」之「偶語」作詩，從而十分鮮明地將美的享受——「美贍可玩」，也作爲詩歌的審美價值和審美目的。同時，鍾嶸還提出：郭璞的詩「彪炳可玩」，確認詩歌有供人欣賞玩味的審美價值；又提出范縝的詩「賞心流亮」，卽認爲詩歌可以使人心悅神怡。而這些看法的實質，仍然是主張詩歌作用的首要目的是審美，是使人產生審美感動。

三　以「滋味」爲詩歌批評的最高標尺

鍾嶸以「滋味」爲詩歌批評的最高標尺，是從審美鑒賞角度提出的。他說：

使味之者無極，聞之者動心，是詩之至也。

這就是說，詩歌作品必須經得起欣賞者的反復品味，能使欣賞者獲得咀嚼不盡的美感「滋味」，並激起其強烈的審美感動，方爲詩歌的最高造詣。顯然，這「味之無極」的「滋味」，就是鍾嶸衡量詩歌作品藝術水平高低的最高標尺。事實上，鍾嶸在詩歌批評實踐中，也都是以這個標尺作爲對創作和鑒賞的審美要求，從品味作品給予人們的美感程度入手，去辨別詩人作品藝術美的高低，進而評定其「品位」的。這只要把鍾嶸對詩人作品藝術美的分析與評論，加以歸納，看一看其中最有代表性的觀點，就比較清楚了。下面擬聯繫鍾嶸所評詩人作品，對其最有代表性的觀點，加以考察。

(一)「情兼雅怨」

鍾嶸在對詩人作品的具體評論中，特別贊賞抒發怨情之作。他評定爲上品的十二位詩人中，贊美其詩作是表現怨悱之情的，就占了七家之多：《古詩》「意悲而遠」、「多哀怨」；李陵「文多淒愴」、「怨者之流」；班姬「怨深文綺」；曹植「情兼雅怨」；王粲「發愀愴之詞」；阮籍「頗多感慨之詞」；左思「文典以怨」。評爲中品的，也多贊美其抒發了怨悱之情，如：秦嘉及其妻徐淑「夫妻事旣可傷，文亦淒怨」；劉琨及盧諶「善爲淒戾之詞」，「琨旣體良才，又罹厄運，故善敍喪亂，多感恨之詞」；郭璞「〈游仙〉之作，詞多慷慨」；郭泰機「寒女之制，孤怨宜恨」；沈約

「長於淸怨」，等等。鍾嶸之所以這樣重視和贊賞抒發怨情之作，根本原因就在於：漢末魏晉六朝充滿苦難和憂患，淒慘的社會人事激起詩人滿腔悲憤哀怨之情，發而爲詩，實在都是不平之鳴，具有「感蕩心靈」的力量。但是，鍾嶸又認爲，怨情作爲詩歌藝術美的內容，還必須兼有「雅」的特點，卽他在高度贊美曹植詩歌成就時提出的「情兼雅怨」的藝術美的特徵。鍾嶸對曹植詩評價極高，認爲是建安詩人中最傑出的代表，譽爲「殆文章之聖」。所以，這個「情兼雅怨」的觀點，很有代表性。那麼，「雅」的內涵是什麼呢？

所謂「雅」，原本是體現儒家「中和之美」的一個詩樂批評標準的概念，其含義旣指詩歌所抒情感符合「禮」的規範，沒有超過以「禮」節情的限度；又指由此而在客觀上形成的情感表達具有委婉含蓄的特點。但實際上是情感的表達處於一種不飽和的狀態。所以，儒家講的「雅」，並非自覺地追求藝術表達上的含蓄委婉的藝術美，而是「《詩》教」的「溫柔敦厚」精神自然外化的表現，根本宗旨還在於防止人們的情感超過「禮」的大防。鍾嶸講的「雅」，則已不帶有以「禮」節情的框架，著眼點更不是「溫柔敦厚」的「《詩》教」，而是對曹植著意追求怨情的表達具有含蓄蘊藉的藝術美而作出的理論概括。所以，「情兼雅怨」並不是指：怨而不怒，能發乎情止乎禮義，而是指清厲憤激的怨情表達得深沉婉轉、反復低徊，具有含蓄蘊藉的審美特徵。何以見得是這樣呢？

首先，曹植自己就多次說過：「弦急悲歌發，聆我慷慨言」❽；「慷慨有悲心，興文自成篇」❾。《三國志・魏書・陳思王傳》說：「植常自憤怨，抱利器而無所施，上疏求自試。」可見，曹植並不主張所抒怨情要怨而不怒，倒是主張慷慨悲涼而又淒愴憂憤。其次，綜觀曹植全部詩作，其所抒怨情，恰恰正是既清厲憤激，又含蓄蘊藉。試以鍾嶸附錄於〈詩品序〉後的典範之作——曹植〈贈白馬王彪〉爲例，略作分析，卽可見一斑。

黃初四年五月，白馬王、任城王與余俱朝京師，會節氣。到洛陽，任

❽ 曹植：〈雜詩〉其六。
❾ 曹植：〈贈徐幹〉。

城王薨。至七月，與白馬王還國。後有司以二王歸藩，道路宜異宿止，意每恨之。蓋以大別在數日，是用自剖，與王辭焉，憤而成篇。

謁帝承明廬，逝將返舊疆。清晨發皇邑，日夕過首陽。伊洛廣且深，
欲濟川無梁。汎舟越洪濤，怨彼東路長。顧瞻戀城闕，引領情內傷。
太谷何寥廓，山樹鬱蒼蒼。霖雨泥我塗，流潦浩縱橫。中逵絕無軌，
改轍登高崗。修坂造雲日，我馬玄以黃。
玄黃猶能進，我思鬱以紆。鬱紆將何念？親愛在離居。本圖相與偕，
中更不克俱。鴟梟鳴衡軛，豺狼當路衢。蒼蠅間白黑，讒巧令親疏。
欲還絕無蹊，攬轡止踟躕。
踟躕亦何留？相思無終極。秋風發微涼，寒蟬鳴我側。原野何蕭條，
白日忽西匿：歸鳥赴喬林，翩翩厲羽翼。孤獸走索羣，銜草不遑食。
感物傷我懷，撫心長太息。

太息將何為？天命與我違。奈何念同生，一往形不歸。孤魂翔故域，
靈柩寄京師。存者忽復過，亡沒身自衰。人生處一世，去若朝露晞。
年在桑榆間，影響不能追。自顧非金石，咄唶令心悲。
心悲動我神，棄置莫復陳。丈夫志四海，萬里猶比鄰。恩愛苟不虧，
在遠分日親。何必同衾幬，然後展殷勤。憂思成疾疢，無乃兒女仁。
倉卒骨肉情，能不懷苦辛？
苦辛何慮思？天命信可疑。虛無求列仙，松子久吾欺。變故在斯須，
百年誰能持？離別永無會，執手將何時？王其愛玉體，俱享黃髮期。
收淚卽長路，援筆從此辭。

這是一首把交織在一起的哀傷、悲愴、恐懼、憂憤的怨情，在反復低徊的心理宣洩中蕩漾開去的抒情長詩。詩前的序說明，此詩作於曹丕卽帝位已四年的黃初四年（公元二二三年）。這年正月，曹植與同母兄曹彰、異母弟曹彪，分別由封地至京城朝見曹

丕。曹丕忌刻曹彰驍勇，竟將他毒死在京城。曹植與曹彪雖保全了性命，但在離京城時，卻被曹丕限制了人身自由，竟連兩兄弟同行一段路，都不容許。因此，曹植悲憤交集，怨恨橫生，一發於此詩中。全詩共七章。第一、二兩章從對京城的留戀和旅途的艱辛寫起，著力描繪出一種淒慘悲涼的氛圍，隱含著沒有說出的哀痛。第三章緊接著這淒慘悲涼的氛圍描寫，轉到詩中的本題：「本圖相與偕，中更不克俱」，而骨肉兄弟之所以不能相親同行，乃是「鴟梟鳴衡軛，豺狼當路衢。蒼蠅間白黑，讒巧令親疏」。在這裏，曹植以比興手法，痛斥迫害者，最能體現他「憤而成篇」的悲憤之情，正由於受曹丕的迫害，所以，「欲還絕無蹊，攬轡止踟躕。」第四章緊承這無路可走的悲憤描寫，既發出「踟躕亦何留？相思無終極」的悲嘆，又融這種悲嘆於景物描寫之中，描繪出一幅秋天原野極爲蕭瑟淒清的景象：秋風清冷，寒蟬淒切，暮色冥濛，飛鳥歸林，孤獸索羣，極力渲染著哀愁、淒厲、孤獨、寂寞的氣氛。於是，「感物傷我懷，撫心長嘆息」，點明情與景會，從而在「哀涼獨絕」的景物描繪中，展現了內心的哀痛悲涼。正如清人陳祚明所說「此首景中情，甚佳。凡言情至者須入景，方得動宕。一於言情，但覺絮絮，反無味矣。」[10]第五章又承第四章末句，發出「太息將何爲」的哀嘆，並一層深過一層地述寫了「天命與我違」的悲憤，表達了對曹彰「孤魂」的哀悼，傾吐了自己的憂生之嗟。第六章接著既出現這「令心悲」的回環反復的嘆喟，又在這回環反復的嘆喟中，展開對於離別、生死無可奈何而又故作曠達的描寫：「丈夫志四海，萬里猶比鄰」，「何必同衾幬，然後展殷勤」，「憂思成疾疢，無乃兒女仁」。這表面的曠達中，實際包含著竭力加以抑制的巨大悲憤。於是，不得不直抒胸臆——「倉卒骨肉情，能不懷苦辛？」這一抑一揚、一跌一宕，更宣洩出了詩人內心對生離死別的悲痛，對曹丕迫害的憤慨。最後一章緊承上章末句，發出「苦辛何慮思，天命信可疑」的呼喊，並把對天命可疑而更感到生離死別無法把握的悲痛心情，一齊傾訴出來。這傾訴既有激憤不平的放聲長號：「變故在斯須，百年誰能持？」又有繾綣人生的寬慰之詞：「王其愛玉體，俱享黃髮期」，從而進一步深化

[10] 陳祚明：《采菽堂古詩選》。

了對哀怨、悲愴、憂憤之情的表達。而且，這首詩除首章之外，詩篇的其餘六章都採取首尾相銜的承接法，在回環復沓的喟嘆中，傾瀉了反復低徊於心的幽憤悲恚，所以，寓淸厲憤慨的怨情於蘊藉含蓄的審美特徵中，使全詩達到了「情兼雅怨」之美。宋代劉克莊《後村詩話》說，這首詩從詩序到各章，「憂傷慷慨，有不可勝言之悲」。由此可以看出，鍾嶸所說的「雅」不同於儒家詩樂批評標準的「雅」，根本不帶有以「禮」節情的框架，而是對曹植怨詩具有含蓄蘊藉之美作出的理論概括。

在鍾嶸看來，詩歌應該重在抒發激憤不平的怨情，但其表達卻要寓深沉悲憤於婉轉曲折之中，貴在含蓄蘊藉，使欣賞者有反復回味、自由聯想的餘地。因此，他反對嵇康的「訐直」，而對具有含蓄蘊藉之美的怨詩、刺詩，或稍有含蓄特色的詩歌，則多以「雅」的評語加以贊美，如評左思：「文典以怨，頗爲精切，得諷諭之致。」這裏的「典」，卽典雅。「文典以怨」，也就是「情兼雅怨」。左思的八首〈咏史〉組詩，也是爲鍾嶸列爲五言詩的範作的。其主要思想內容是借歷史人物作爲比擬，抒發懷才不遇的不平之鳴，以及對門閥制度壓抑人材的憤懣不平之氣。而其情感的抒發則以蘊藉深厚見長，寓諷刺和譴責於含蓄凝煉與深沉的慨嘆之中。如第二首：

鬱鬱澗底松，離離山上苗，以彼徑寸莖，蔭此百尺條。世胄躡高位，英俊沉下僚。地勢使之然，由來非一朝。金張藉舊業，七葉珥漢貂。馮公豈不偉？白首不見招？

開頭四句，運用「比興是虛句、活句」⓫的寫法，不僅「化景物爲情思」，很自然地使人由自然界存在著松居澗底苗踞山上的現象，聯想到「上品無寒門，下品無世族」的門閥制度，是何等的不公平、不合理！而且還爲下文揭示和抨擊人才受壓抑的根源——「地勢使之然」，作了隱而不顯的暗喻。而「世胄躡高位」四句，則把這暗喻化爲賦體，對無才者「躡高位」而有才者卻「沉下僚」的癥結所在，作了深刻的揭露和無情的抨擊。但最後四句，仍把揭露與抨擊，都寓於歷史人物的比擬中，更把自己

⓫ 見吳喬：《圍爐詩話》卷一。

懷才不遇的一腔憤慨不平之情，表達得含蓄而深沉，能引起讀者對同類遭遇的聯想，能產生使人反復回味的藝術效果。由此可見，鍾嶸提出的「情兼雅怨」，乃是以「滋味」作爲詩歌批評的最高標尺，要求抒發怨情之作要有含蓄蘊藉之美，使人不是感到赤裸裸的刺激，而是給人們以一種不得不爲之「感蕩心靈」的審美感動。

(二)「仗氣愛奇」

鍾嶸在對詩人的作品的具體評論中，還特別肯定和贊賞具有「奇」的特點的作品。細繹鍾嶸所謂「奇」的含義，一是指詩歌的命意奇異不凡，富有奇警遒勁之美；二是指詩歌中造語奇特不凡，以表達奇警遒勁之美。前者如評劉楨「仗氣愛奇，動多振絕。貞骨凌霜，高風跨俗」；評曹植「骨氣奇高」；評鮑照「得景陽之諔詭」，骨節強於謝混」，「驅邁疾於顏延」，「諔詭」，就是奇異之義。後者如評謝朓「奇章秀句，往往警遒」；評謝靈運「名章迥句，處處間起」。這裏的「名章迥句」，其意與「奇章秀句」大致相同。鍾嶸受魏晉以來的元氣論和才性論影響，認爲這種奇警遒勁之美，得力於詩人旺盛的精神氣概，所以，稱之爲「仗氣愛奇」。而劉楨在鍾嶸心目中也是「殆文章之聖」，對其詩歌評價極高。因此，這個評劉楨詩歌爲「仗氣愛奇」的觀點，也很有代表性地說明：鍾嶸從「滋味」作爲詩歌批評的最高標尺的角度，要求詩歌具有奇警遒勁之美，富有強烈的藝術感染力量，使人產生審美感動。結合鍾嶸所激賞的典範之作和有所貶責的作品來稍加分析，就更顯豁了。

〈詩品序〉末附錄的「公幹『思友』」，是爲鍾嶸所激賞的五言詩範作。但劉楨並沒有以「思友」爲題的作品。錢鍾書先生在〈詩可以怨〉中指出，〈詩品序〉末所舉一連串的範作中，有「泛指的題材」⓬，那麼，現存劉楨〈贈從弟〉三首，也當屬於「思友」之列。而這三首詩則正體現了「仗氣愛奇」的藝術美的特色。

泛泛東流水，磷磷水中石。蘋藻生其涯，華葉紛擾溺。采之薦宗廟，可以羞嘉客。豈無園中葵？懿此出深澤。

⓬ 見北京大學出版社編選的《比較文學論文集》，第三五頁。

亭亭山上松，瑟瑟谷中風。風聲一何盛，松枝一何勁。冰霜正慘淒，終歲常端正。豈不罹凝寒？松柏有本性。

鳳凰集南嶽，徘徊孤竹根。於心有不厭，奮翅淩紫氛。豈不常勤苦，羞與黃雀羣。何時當來儀？將須聖明君。

從標題看，這三首詩雖是贈答之作，但詩人卻沒有按照通常贈答之作的寫法，去敍情誼，寫相思，而是把筆墨全都傾注在咏物之上，分別以蘋藻、松樹、鳳凰爲吟咏對象，借物喻人，頌揚堅貞高潔的品格，贊美不與俗士爲伍而待「聖明君」的高邁情操，既譽從弟，又以自況。這種命意和寫法，確實奇警不凡。而且，筆力雄健明快，承轉開拓都自然酣暢，更使詩作意壯情駭，騰發出一股超凡絕俗的清剛氣概。試看第二首的開頭兩句：「亭亭山上松，瑟瑟谷中風」，起調明快自然，而松樹聳立山巔的形象，也別有一番「脫塵境」的「高逸」之趣。接下來的三、四兩句：「風聲一何盛，松枝一何勁」，十分有力地開拓出了風愈狂松愈勁的詩意，並運用「一何」兩個虛詞，加強語氣，賦予山松以不畏狂風而始終堅強挺立的氣勢。以下五、六兩句，則又非常自然地把詩意作了進一層的開拓：「冰霜正慘凄，終歲常端正」——山松豈只不畏狂風，在更爲惡劣的冰天雪地裏，依然一年到頭端直傲立，正氣凜然。末尾兩句：「豈不罹凝寒？松柏有本性。」這一問一答，旣使語勢承轉有力，又揭示了松柏所特具的耐寒不凋而堅貞不變的本性，以贊美從弟的高風亮節，確乎具有超塵拔俗之概和奇警遒勁之美，因而具有震蕩人心的藝術感染力。

鮑照的〈代出自薊北門行〉，也是〈詩品序〉末附錄的五言詩範作。而此詩的特色，也正是頗具奇警遒勁之美。

羽檄起邊亭，烽火入咸陽。征騎屯廣武，分兵救朔方。嚴秋筋竿勁，
虜陣精且强。天子按劍怒，使者遙相望。雁行緣石徑，魚貫度飛梁。
簫鼓流漢思，旌甲被胡霜。疾風衝塞起，沙礫自飄揚。馬毛縮如蝟，
角弓不可張。時危見臣節，世亂識忠良。投軀報明主，身死為國殤。

「去自薊北門」，原是曹植〈艷歌行〉的詩句。而鮑照則擬〈艷歌行〉樂府歌辭的格式，並以此句爲題，藉以寫燕薊邊境「殺氣雄邊」的征戰生活。這種擬古而不泥古，別出新意，就是奇警不凡的表現。而詩人在藝術表現方法上，更以不斷變換描寫角度的手法，以高亢急促的節奏，不僅從邊疆寫到朝廷、從我方寫到敵方、從邊塞風光寫到將士心理活動，而且造成了豪情縱橫的氣勢，從而表達了將士誓死苦戰以衞國土的決心，也騰發出了一股遒勁剛健的感人風力，誠如明人鍾惺所說：「鮑照能以古詩聲格作樂府」，「別有奇響異趣」⓭。

至於鍾嶸所貶抑的作家作品，則往往多是缺乏奇警之趣的詩作。例如，任昉的詩歌好堆砌典故，沒有詩味，鍾嶸批評說：「動輒用事，所以詩不得奇。」陸機的一些詩歌，完全以模擬古樂府代替新創造，不是以「直尋」方式，抒發自己卽目所見的眞情實感，沒有奇響異趣，鍾嶸批評爲「尙規矩，不貴綺錯，有傷直致之奇」。

⓭ 鍾惺：《古詩歸》卷十二。

綜上所述，可見鍾嶸提出的「仗氣愛奇」，確乎是從「滋味」作爲詩歌批評的最高標尺的角度，而要求詩歌要具有奇警之趣和氣壯之美，能震蕩人心。

㈢「詞采華茂」

鍾嶸在評論詩作優劣高下時，還多從品味詩歌語言形式之美的角度，愛賞詞采的華茂。他在高度評價曹植詩的藝術成就時說：「詞采華茂」，「譬人倫之有周孔，鱗羽之有龍鳳，音樂之有琴笙，女工之有黼黻」；評張協詩時，則說張詩「文體華淨，少病累」，「詞采葱蒨，音韻鏗鏘，使人味之，亹亹不倦」。顯然，這是以「滋味」爲詩歌批評的最高標尺，肯定他們的詩歌所具有的詞采華淨之美，能給人以「滋味」無窮的美感享受。

在鍾嶸看來，詞采之美既要清綺秀美，又要鮮明華艷，但不能妍冶淫艷，必須具有「自然英旨」的品格，才能「美贍可玩」。所以，他贊美陸機詩「才高辭贍，舉體華美」，潘岳詩「爛若舒錦」；肯定鮑照詩「靡嫚」，陶潛詩「清靡」；批評班固的〈詠史〉「質木無文」。本來從鍾嶸重視抒怨情之作的觀點來看，班固的〈咏史〉表達了他對緹縈父女悲苦遭遇的同情，感恨甚深，是值得贊美的佳作。但是，它的語言卻平淡無華，例如：「三王德彌薄：惟後用肉刑。太倉令有罪，就逮長安城。自恨身無子，困急獨煢煢。小女痛父言，死者不可生。上書詣闕下，思古歌鷄鳴。憂心摧折裂，晨風揚激聲。聖漢孝文帝，惻然感至情。百男何憒憒，不如一緹縈！」眞是「質直太甚」，枯淡無味。所以，鍾嶸列入下品，還一針見血地指出其弊病在於「質木無文」。這表明，他在評詩時，還要在詞采美的問題上，以「滋味」爲標尺，來衡量其文詞能否給人以美感。

通過以上所述，很粗略地反映了鍾嶸在其全部詩歌批評實踐中，都是以「滋味」爲詩歌批評的最高標尺。我們還認爲，在鍾嶸整個審美中心論詩學體系的結構中，這個標尺乃是鍾嶸將其以「滋味」爲詩歌創作固有特性的觀點，與其以「滋味」爲詩歌作用首要目的的觀點互相連結起來的中心環節。這是因爲鍾嶸主要從鑒賞品評五言詩藝術美中，把他大量積累的詩歌審美鑒賞經驗，上升爲詩學見解，進而自成以審美爲中心的詩學體系。因此，我們必須抓住這個中心環節，才能看出鍾嶸詩學體系中蘊涵著不少對詩歌審美創造和審美鑒賞的深刻見解。

第三章　詩歌審美創造與美感效果

鍾嶸從其審美中心論的核心思想的「滋味」說出發，把詩歌能否引起鑒賞者產生美感「滋味」，提高到詩歌創作的首位，並以他對詩的「滋味」進行廣泛的品評鑒賞所積累的詩歌審美經驗爲依據，既吸收了前人審美理論中的優秀成果，又受魏晉以來時代思潮的影響，因而，對詩歌審美創造與詩歌產生美感效果的原理，提出了一些創見。

一 以「物」之「搖蕩性情」爲創作動力

「動天地，感鬼神，莫近於詩！」鍾嶸在〈詩品序〉開篇第一段中，不僅以這樣高度誇張的比喩，形容最具有「驚心動魄」美感力量的藝術，莫過於詩歌；而且，還在這開篇第一段之首，就明確指出，詩人創造出具有如此巨大美感力量的詩歌，其最初的動因和創作動力，都出自於：

> 氣之動物，物之感人，故搖蕩性情，形諸舞咏。

所謂「氣之動物」的「氣」，是指「元氣」。《易傳・說卦》：「天地絪縕，萬物化醇。」《廣雅》：「絪縕，元氣。」嵇康〈明膽論〉：「夫元氣陶鑠，眾生稟焉。」這種「元氣」是生生不已的陰陽二氣，既渾化無跡，又周流於宇宙之間，化育生成萬物。鍾嶸承繼這種由先秦發展而來的元氣論，認爲萬物的產生和變化，都由元氣使然。而「物之感人，故搖蕩性情，形諸舞詠」的表述，則是鍾嶸依據先秦以來的古代情感心理學，對促使詩人創造出具有巨大美感力量的詩歌的創作動力，作出的理論概括，並不是從唯物論的反映論角度，對詩歌與現實的關係作出的理論概括。因此，對於這個理論概括，有幾點應該特別提出來加以說明。

第一，鍾嶸所說的「性情」，並非就是一個可以和現今所說的「感情」直接相等同的概念。在古代，「性情」乃是由先秦理論家最先提出的兩個各有不同內涵的情感心理學概念。對其不同內涵，荀子在其〈正名篇〉中，都作了界說。他說：

生之所以然者謂之性。性之和所生，精合感應，不事而自然謂之性。性之好、惡、喜、怒、哀、樂謂之情。

梁啟雄《荀子簡釋》對此解釋說：第一個「性」，是「指天賦的本質，生理學上的性」；第二個「性」，是「指天賦的本能，心理學上的性」。可是「性」既指人的生理的自然性；又指人的心理的自然性。「情」則是專指由這兩個層次不同的自然性所生發出來的六種情感。它的生發是自然而然的，所以，荀子在〈天論〉中又說：「形具而神生，好、惡、喜、怒、哀、樂臧焉，夫是之謂天情。」在荀子看來，人的本性是惡的，由這兩個不同層次的自然性生發出來的情感，也是惡的，即所謂「人情甚不美」，很不良善，如果任其發展，人人都無節制地去追求自己情感欲望的滿足，就必然會產生「爭」和「亂」，因此，必須用儒家的「禮義」對人的自然本性加以改造，並用「禮義」對人的情感加以規範。荀子認爲，只有經過這樣的改造和規範過的人之情感，才是良善的，卽所謂「禮義之化，然後皆出於治，合於善也」❶。所以，荀子又經常將「性情」連稱，以表述此處之「情」由「性」而發，是未經儒家「禮義」規範過的自然本性之情。至於這自然本性之情，如何由生理和心理的自然性中生發而出？屬於荀子後學者所寫的《樂記》，對此有一段對先秦以後古代情感心理學頗有影響的論述：

❶ 見《荀子・性惡》。

人生而靜，天之性也；感於物而動，性之欲也。物至知（智）知，然後好惡形焉❷。

這裏的「欲」字，與「情」同義，晉人郗超〈奉法要〉：「六情一名六衰，亦曰六欲。」❸可見，《樂記》的這段論述認爲，人之生理和心理的自然本性原是平靜的，一旦因生理感官受外物的激蕩，就產生「物至」而「知（智）知」的心理活動，從而生發出情感。這說明了情感的產生是生理和心理功能對外物發生感應的結果，又說明了情感是心理的平靜狀態遭到外物的激蕩而生發出的。應該肯定，這是具有唯物論因素的情感心理學的見解。但是，《樂記》堅持荀子的「性惡論」，也認爲這種自然本性之情是惡的，不是善的，如果不以儒家的「禮」加以規範和節制，就會「人欲橫流」，造成天下大亂。所以，它特別強調地說：「夫物之感人無窮，而人之好惡無

❷《樂記・樂本》。

節」，「是故先王之制禮樂，人爲之節」❹，極力主張必須以「禮」節情。這就使得它所提出的情感心理學的見解，最終坐實在儒家倫理道德的模式中，成了壓制和束縛人們表現內心眞情的儒學教條。魏晉時人，對這個以「禮」節情，深惡痛絕，認爲它是殘害人性的桎梏。嵇康就曾大聲疾呼：「全性之本，不須犯情之『禮』律」❺，堅決抗議以「禮」節情，而王戎還高喊過：「情之所鍾，正在我輩」❻，標舉出了「尙情」的口號。因此，從魏晉至齊梁，有不少理論家關於情感心理學的見解，不僅揚棄了《樂記》的「性惡情惡」說，只吸取了它所表述的情感是心理平靜狀態遭到外物激蕩而生的見解，而且還吸收了老莊道家「適性順情」的思想，進而主張一任內心眞情的自由發洩，以此來冲決儒家以「禮」節情的教條對人性的束縛。如：漢末魏初的荀悅，在《申鑒·雜言下》中，以嚴密的邏輯論證，駁斥了「情惡」說之後，還論述

❸ 見《弘明集》卷十三。
❹ 同❷。
❺ 嵇康：〈難自然好學論〉。
❻ 見《世說新語·傷逝》。

道：「凡情、意、心、志，皆性動之別名」，若「情惡」，是「桀紂無性，而堯舜無情也」❼。王弼則以「聖人有情」和「情」乃人之「自然之性」的觀點，駁斥了「情惡」說❽。陸機則更以「烟出於火，非火之和」爲喩，說明「情生於性，非性之適」❾，用以強調「情」是安靜平和的心理機制遭到騷擾，「性」不得其「適」而生「情」。他在〈思歸賦〉中寫道：「照緣情以自誘，憂觸物而生端」；在〈嘆逝賦〉中還寫道：「樂哀心其如忘，哀緣情而來宅」；在〈燕歌行〉中又寫道：「憂來感物涕不晞」，都說明自己哀樂憂愁之情是「觸物生端」的結果，是平靜的「心宅」受外物激蕩的結果。對此，與鍾嶸同時的賀瑒，用風水相遭而生波作比喩，更進一步地闡述說：

> 性之與情，猶波之與水。靜時是水，動則是波，靜時是性，動則是

❼ 見《諸子集成》第八册，中華書局版。

❽ 見《王弼集校釋》下册，第六四〇頁、第六二五頁，中華書局一九八〇年版。

❾ 見陸機〈演連珠〉第四十九首，載《全晉文》卷九九。

情[10]。

這就十分形象而又準確地闡明：「情」是心理機制遭到了外物的激蕩，失去了本來的平靜而爲「情」，猶如平靜的江水被風激起了波浪一樣，平靜的心靈也被外物激起了如同水波的情波，必然從心中奔瀉而出。我國近代心理學家張耀祥說，西方心理學家將心理學當作「意識的科學」，研究達兩千年，直到十九世紀末，才有詹姆斯等人，說明情感是生理和心理的機制受到了騷擾，像大江的水晝夜不停地流動[11]。可見，我國古代由先秦發展到魏晉齊梁的這些情感心理學見解，是有科學性的精闢見解。

鍾嶸正是基於這種情感心理學的精闢見解，探索促使詩人創造具有巨大美感力量的詩歌的創作原動力，並揭示出了這種原動力就在於：一是詩人平靜的「性」卽平靜

[10] 見孔穎達：《禮記・中庸正義》。
[11] 見《張耀祥文集》。

的心理機制，被外物所搖蕩起來的自然本性之情；二是詩人非要把這種自然本性之情「形諸舞詠」而後快的表達欲望。因此，鍾嶸在反對失去美感的「事類詩」時，特以「吟咏性情」，來界定詩歌的表現對象，要求詩人靠上述創作動力去寫詩，不要靠「貴於用事」，去無病呻吟。清代王夫之在區別學術著作與詩歌各有其不同表現對象時，正是依據鍾嶸此說而指出：「詩以道性情，道性之情也。」⑫

第二，鍾嶸所說的自然本性之情，主要是指哀怨悲慘的激憤不平之情；他所說的表達欲望，是指不以詩歌發洩出鬱於心中的這種情感就悒鬱不安的表達欲望。對此，鍾嶸有一段精彩論述：

嘉會寄詩以親，離羣托詩以怨。至於楚臣去境，漢妾辭宮；或骨橫朔野，魂逐飛蓬；或負戈外戍，殺氣雄邊；塞客衣單，孀閨淚盡；或士有解佩出朝，一去忘返；女有揚蛾入寵，再盼傾國。凡斯種種，感蕩

⑫ 見《明詩評選》卷五。

心靈，非陳詩何以展其義？非長歌何以騁其情？故曰：「詩可以羣，可以怨。」使窮賤易安，幽居靡悶，莫尚於詩矣。

這段論述指出，人間的種種人事，可能使人產生兩種不同的情感：一是「寄詩以親」的歡愉之情；二是「托詩以怨」的哀怨之情。對前者，鍾嶸並不重視，沒有舉出任何一條事例加以具體闡發，只是虛晃了一筆；對後者，卻舉出許多事例，用具象性的生動描繪，加以細致而具體的闡發。鍾嶸所舉事例，如屈原之遭放逐；王嬙之離宮出塞；邊塞戰爭造成的離妻別子、骨暴沙場、孀閨淚盡；士大夫的解佩出朝，等等。這些固然是人間的慘事，而「女有揚蛾入寵」，也並非如現今有些注《詩品》者所說的那樣，是鍾嶸以之作爲歡愉之事的例證，其實仍是恨事、慘事。所謂「入紫廬」，「骨肉至親，永長辭兮！」⑬所謂「蛾眉曾有人妒，千金縱買相如賦，脈脈此情誰

⑬ 見左九嬪：〈離思賦〉，載《全晉文》卷一三九。

訴？」⑭不正是這種恨事、慘事的生動寫照嗎？所以，錢鍾書先生很精闢地指出，鍾嶸的這段論述，「差不多是鍾嶸同時人江淹那兩篇名文——〈別賦〉和〈恨賦〉——的提綱」⑮。而且，鍾嶸在評論詩人作品時，特別讚美怨情之作（見上章所述）。據此可見，在鍾嶸心目中，只有當詩人或親身遭受或耳聞目睹了人間種種悲慘苦難的人事，深深爲之「感蕩心靈」，眞有無盡哀怨激憤棖觸於心懷，非長歌不足以騁其哀怨悲愴之情，非陳詩不足以展其激憤不平之氣，這才是他所說的自然本性之情，才是他所說的以詩歌發洩出這種情感而後快的表達欲望，才是他所揭示出的詩歌創作動力的本質內容。

鍾嶸認爲，詩人只有在這種創作動力的推動下，把一腔怨憤發而爲詩，這樣的詩才能感動人，才能有巨大的美感力量。所以，他說：「『詩可以羣，可以怨』，使窮賤易安，幽居靡悶，莫尚於詩矣」，也就是說，詩人在上述創作動力下所寫的「離羣

---

⑭ 見辛棄疾：〈摸魚兒〉。

⑮ 錢鍾書：〈詩可以怨〉，載北京大學出版社編選的《比較文學論文集》。

托詩以怨」的詩歌，具有將個體心理受苦難受壓抑的憂憤散發出來的功能，又具有使個體心理因受創傷而感到愁悶、寂寞的心情獲得排遣、慰藉的功能。由此也可看出，鍾嶸關於詩歌創作動力必須具有上述本質內容的看法，確乎是以情感心理學爲依據的。正如錢鍾書先生所說：「在某一點上，鍾嶸和弗洛伊德可以對話。」⑯這「某一點上」，就是指兩人都認爲藝術的創作動力源於情感欲望被壓抑。但是，弗洛伊德忽視人被壓抑的社會原因。魯迅先生早就指出：「弗洛伊特以被壓抑爲夢的根柢——人爲什麼被壓抑呢?這就和社會制度、習慣之類連結了起來。」⑰鍾嶸的看法是觸及到了社會原因的。

第三，鍾嶸之所以特別強調詩歌創作動力要具有上述本質內容，與魏晉六朝時代所特有的那種憤慨悲涼的社會心理，有著直接的聯繫。大家知道，魏晉六朝是前進中充滿苦痛和曲折的時代，物質文明很有發展，精神生產也達到了相當輝煌的程度，但

⑯ 同⑮。
⑰ 魯迅：〈南腔北調集・聽說夢〉，《魯迅全集》第五卷，第六二頁。

是，頻繁的王朝更迭，長期的南北分裂，釀成了政治局勢的不斷動蕩，使得人們對現實人生既常懷憂患之感，又常從遭受政治局勢動蕩所造成的苦難中，痛苦地感到必須奮力拼搏，以實現求生存、求發展的欲望。這兩者相結合凝結成一種普遍的憤慨悲涼的社會心理。「對酒當歌，人生幾何？譬如朝露，去日苦多。慨當以慷，憂思難忘，何以解憂？唯有杜康。」大政治家、軍事家曹操，對於現實人生的感受，竟是如此淒涼，如此苦悶！然而，他又吶喊道：「山不厭高，海不厭深。周公吐哺，天下歸心！」如此雄心勃勃地為實現天下統一，要像周公一樣求賢不懈。一首〈短歌行〉既有「憂憤悲涼」，又有「慷慨任氣」。嵇康則乾脆把他的一首詩名曰〈幽憤詩〉。左思的一首〈雜詩〉，即使是寫時節景物的變化，也要發出憤慨悲涼的呼嘯：「高志局四海，块然守空堂；壯齒不恒居，歲暮常慨慷。」與鍾嶸常在一起評詩論文的謝朓，其山水詩也同樣充滿對人生的憂懼與憤慨：「大江流日夜，客心悲未央」；「秋河曙耿耿，寒渚夜蒼蒼」⑱。總之，從漢末到齊梁，這種憤慨悲涼的社會心理，隨著歷代王朝的

⑱ 見謝朓：〈暫使下都夜發新林至京邑贈西府同僚〉。

興衰更迭，始終烙印在人們的心坎上。因而，當時的士大夫們，對生活中悲憤情感的表現，多採取一種欣賞態度，例如，謝安之嫂向客人訴說丈夫早死而孤苦零丁的悲情，謝安不僅不制止，而且向客人大加讚賞道：「家嫂辭情慷慨，致可傳達，恨不使朝士見！」[19]這表明，魏晉六朝所特有的憤慨悲涼的社會心理，使這一時代又形成了一個共同的審美心理，即六朝宋代王微所說的：「文詞不怨思抑揚，則流淡無味。」[20]可見，鍾嶸關於詩歌創作動力的上述見解，既與魏晉六朝時代的社會心理、審美心理有直接聯繫，又正是適應這個時代社會心理、審美心理的需要，強調詩人只有在他所揭示的詩歌創作動力的推動下，方能寫出不是「流淡無味」，而是頗有「滋味」的詩歌，產生出強烈的美感效果。

---

[19] 見《世說新語·文學》。
[20] 王微：〈與從弟僧綽書〉，載《全宋文》卷十九。

二　以「直尋」和「窮情」爲創造「興象」的藝術規律

鍾嶸在界定詩歌的表現對象是「吟咏性情」，以反對詩歌以用典爲貴時，作了一段有名的論述：

夫屬詞比事，乃爲通談。若乃經國文符，應資博古；撰德駁奏，宜窮往烈。至乎吟咏性情，亦何貴於用事？「思君如流水」，既是卽目；「高臺多悲風」，亦惟所見；「清晨登隴首」，羌無故實；「明月照積雪」，詎出經、史？觀古今勝語，多非補假，皆由直尋。

鍾嶸在這段論述中，將「經國文符」和「撰德駁奏」之類的應用文的表現對象，與詩歌的表現對象嚴格加以區別，既界定了詩歌有其特殊的表現對象，卽吟咏人之自然本性的眞情，說明詩歌創作決不能像寫應用文那樣以大量引用典故爲貴；同時，又以名篇佳句作例證，闡明了「吟咏性情」的詩歌有其不同於寫應用文的創作過程，即首先由詩人「即目」、「所見」的客觀物象引起感覺開始，出現感情衝動，並在這種感情衝動的推動下，通過「直尋」而寫出稱得上是「古今勝語」的優秀詩篇，根本不是靠借助於古書中的典故。所以，鍾嶸在這段論述裏所表述的詩學見解，並非僅僅一般地反對詩歌用典，而是既界定了詩歌的表現對象是「吟咏性情」，又指出了「吟咏性情」的「古今勝語，皆由直尋」。那麼，「直尋」的涵義是什麼呢?

近幾年出版的《詩品》注譯本，有的說，「直尋」即直接描寫「即目」、「所見」的事物；有的說，「直尋」就是「直書目前所見，即直致」；有的說，「直尋」就是「直接描寫感受」，等等。這些解釋雖都說它有直接描寫之意，但卻還沒有從根本上窮盡其全部涵義。倒是陳延傑《詩品注》與許文雨《鍾嶸詩品講疏》，這兩本成書於二、三十年代的注本，分別從不同角度對「直尋」概念所作解說，卻頗有見地，很能啟發我們弄清「直尋」的全部涵義。

陳延傑《詩品注》的解說是：

鍾意蓋謂詩重興趣，直接由作者得之於內，而不貴於用事[21]。

這裏所說的「興趣」，與宋代嚴羽《滄浪詩話》所使用的「興趣」、「興致」，是同一個概念。這個概念中的「興」與詩歌藝術表現方法的「賦比興」中的「興」有直接聯繫，指觸興、感興、興發及其表現方法的特徵，而「興」的字義也具有形象的意思，《集韻》：「興者，象也。」至於這個概念中的「趣」，則當是「情趣」和「趣味」之義。所以，「興趣」作爲詩學概念，實在包含著兩個相互關聯的涵義：既指外物形象觸發詩人內心審美情趣而構成的審美「興象」，又指這種審美「興象」所具有的美感「趣味」，也就是鍾嶸所說的美感「滋味」。可見，陳延傑乃是從闡述鍾嶸強調詩歌應具有美感「滋味」的角度，揭示出「直尋」的涵義是：詩人應該直接面向外界現實事物，把內心爲外物所直接觸發出來的包含有審美情趣的感興，構成爲能給人以美感享受的審美「興象」，而不應以引用書本中的典故爲貴。

[21] 見《詩品注》，第一二頁。

許文雨《鍾嶸詩品講疏》，則是援引清代王夫之詩學中的「現量」說，對「直尋」涵義作了這樣的解說：

> 直尋之義，在卽景會心，自然靈妙，卽禪家所謂「現量」是也[22]。

這個所謂「現量」，原本是印度佛學中的因明學所使用的術語，後來成爲創立於唐初的法相宗佛學宗派用來說明心與境的關係的理論概念。王夫之對法相宗關於心與境的關係的理論，有較深入的研究，並把「現量」加以系統闡述，引入他的詩學中，旣用以說明詩歌的意境必須從直接審美觀照中產生的道理，又以此闡明直接審美觀照的思維活動方式的特點。現在，先看王夫之對「現量」的闡述。

「現量」：「現」者，有「現在」義；有「現成」義；有「顯現真實」義。「現在」不緣過去作影；「現成」，一觸卽覺，不假思量計

[22] 見《鍾嶸詩品講疏》，第二二頁。

較；「顯現真實」，乃彼之體性本自如此，顯現無疑，不參虛妄㉓。

按這些闡述，可知「現量」是一種對事物作直接觀照的思維方式，具有不同於邏輯思維的三個特點：

第一、直接感知的現實性。卽完全不憑借以往的或間接的知識去認識事物，只對眼前現實事物作直接感知。

第二、瞬間觸發的直覺性。卽所謂「一觸卽覺」，「不假思量計較」，完全不要抽象概念的邏輯推理。

第三、整體觀照的完整性。卽事物「本自如此」的「體性」，眞實而完整地顯現於眼前，不是僅僅顯現了事物的某一特徵或某一部分，而是「顯現無疑，不參虛妄」。

現在，再看王夫之把「現量」引進其詩學所作的論述。他說：

㉓ 王夫之：《相宗絡索・三量》。

「僧敲月下門」[24]，祇是妄想揣摩，如說他人夢，縱令形容酷似，何嘗毫髮關心？知然者，以其沉吟「推」「敲」二字，就他作想也。若即景會心，則或推或敲，必居其一，因景因情，自然靈妙，何勞擬議哉？「長河落日圓」[25]，初無定景；「隔水問樵夫」[26]，初非想得，則禪家所謂「現量」也[27]。

所謂「即景會心」、「因景因情，自然靈妙」，其意都在說明：像「長河落日圓」這樣有審美「興象」的佳句，都不是靠苦心推敲硬想出來的，而是詩人直接面對客觀景物時，「情」與「景」相觸發而產生審美感興，並通過這種瞬間直覺的審美感興，自然契合而生發出的。王夫之認爲，這是審美「興象」產生於直接審美觀照的創

[24] 賈島：〈題李凝幽居〉。
[25] 王維：〈使至塞上〉。
[26] 王維：〈終南山〉。
[27] 王夫之：《薑齋詩話》卷二。

作規律。他用「現量」來闡明這個規律，借以強調詩人應以現實可感的人、事、物、景作爲審美觀照的對象，而不是以概念的、抽象的書本知識作爲審美觀照的對象；同時，還借以強調詩人在進行審美觀照時，必須排除抽象概念的比較推理，善於運用審美觀照的瞬間直覺，以創造出「珠圓玉潤」的審美「興象」。所以，王夫之又說：

> 「池塘生春草」㉘，「蝴蝶飛南園」㉙，「明月照積雪」㉚，皆心中目中與相融浹，一出語時，卽得珠圓玉潤，要亦各視其所懷來而與景相迎者也㉛。

這就更以謝靈運詩和張協詩中爲大家所激賞的名句作例證，進一步說明：「珠圓玉潤」的審美「興象」，產生於審美觀照的瞬間直覺之中，是詩人一時的胸襟與自然景

㉘ 謝靈運：〈登池上樓〉。
㉙ 張協：〈雜詩〉。
㉚ 謝靈運：〈歲暮〉。
㉛ 同㉗。

物相迎而契合在一起的結果，不是語言概念的排列組合。

由此可見，許文雨對「直尋」涵義的解說，完全是援引上述王夫之「現量」說的理論意蘊，用以闡述鍾嶸的「直尋」之義，強調詩人應直接面對客觀景物，在直接的審美觀照中，產生出「卽景會心」的審美「興象」，而不要以引用典故來代替這種審美「興象」的創造。

我們以爲，陳延傑與許文雨對「直尋」涵義的解說，基本上是符合鍾嶸原意的。通過他們的解說，可以清楚地看到，鍾嶸雖然沒有直接提出「興象」這個概念，但實際上則通過「直尋」這個概念，要求詩人寫作「吟咏性情」的詩歌，必須創造出「情」與「景」相融洽的審美「興象」。事實上，鍾嶸稱讚謝靈運「興多才高，寓目輒書，內無乏思，外無遺物」；稱讚陶潛「辭興婉愜」；稱讚謝莊「興屬間（閑）長」，這些讚語中爲鍾嶸所激賞的「興」，就包括審美感興或審美「興象」的意思。而且，鍾嶸所稱讚的那些「皆由直尋」的「古今勝語」，如：曹植〈雜詩〉第一首中的「高臺多悲風」，張華詩中的「清晨登隴首」，謝靈運〈歲暮〉中的「明月照積雪」，也確乎是詩人一時的胸襟與自然景物相迎而生發出來的審美「興象」。僅以謝靈運的〈歲暮〉爲例，「殷憂不能寐，苦此夜難頽」——詩人憂愁不能入睡，且又苦於冬夜漫長。怎麼排遣心中憂愁，度過這難眠的長夜呢？詩人只好信步室外。然而，見到的只有皓月當空，積雪滿地；聽到的只有北風呼嘯，聲正猛烈。這如此高朗而蕭瑟的景色與浩渺無垠的天地，不能不更引起詩人的哀怨憂愁，於是，詩人很自然地以「其所懷來而與景相迎」，構造出了這景淒而情促的審美「興象」：「明月照積雪，朔風哀且勁」。這個審美「興象」，不僅表現了明月白雪相輝映而使天地顯得更加清曠無際的景象，而且還表現了北風捲地的呼嘯嗚咽，融進了詩人孤寂而悲涼的複雜的思想情感。正如唐人皎然所評：「『池塘生春草』情在言外；『明月照積雪』，旨冥句中。」㉜情在言外和旨冥句中，都耐人尋味，能產生出濃厚悠長的美感效果。所以，鍾嶸所提出的「古今勝語，皆由直尋」的見解，其美學涵義乃是：一方面，強調抒情

㉜ 皎然：《詩式》卷二。

詩必須要具有能給人以美感享受的審美「興象」；另一方面，還強調詩人必須以「直尋」爲創造審美「興象」的藝術創造規律，卽必須遵循對客觀物象進行直接審美觀照的規律，通過「情」與「景」的自然契合而自然而然地產生出審美「興象」。

在鍾嶸看來，抒情詩要具有給人以美感享受的審美「興象」，除了必須以「直尋」爲其藝術創造規律以外，同時，還必須遵循「指事造形，窮情寫物」的藝術創造規律，使審美「興象」不僅有物象外在形貌的「形似」，而且還有內在精神的「神似」；不僅要充溢著「氣之動物」的「氣」，而且還要充溢著「感蕩心靈」的「情」。鍾嶸提出「指事造形，窮情寫物」，作爲創造具有這些特徵的審美「興象」的規律，一方面，是他對五言詩體的藝術容量優於四言詩體的理論總結；另一方面，則是他對五言詩人追求兩種不同的審美創造的藝術經驗所作出的理論昇華。所謂這兩種不同的審美創造的藝術經驗，就是劉勰曾指出的「文貴形似」㉝與「造懷指事，不求纖密之

㉝ 見劉勰：《文心雕龍・物色》。

巧」㉞。因此，對於這個理論昇華，有兩點應該特別提出來加以說明。

首先，所謂「指事造形」，就是劉勰所說的「文貴形似」，也就是，作品描寫事物的物象重在逼眞，忠實於描摹對象的本來面貌。晉宋以來的五言詩人，在詩歌的審美創造上，就大多都追求這種「文貴形似」，並積累了豐富的藝術經驗，卽劉勰所概括的：「自近代以來，文貴形似，窺情風景之上，鑽貌草木之中。吟咏所發，志惟深遠，體物爲妙，功在密附。故巧言切狀，如印之印泥，不加雕削，而曲寫毫芥。」㉟這種「曲寫毫芥」的方法，有如工筆畫，能使物象的聲色狀貌毫髮皆見，這對「狀難寫之景如在目前」，無疑是極可寶貴的藝術經驗。所以，鍾嶸對「文貴形似」是加以肯定的。如他稱讚張協「巧構形似之言」；讚譽鮑照「善制形狀寫物之詞」，指的都是善於對物象的聲色狀貌作細致具體的刻畫。但是，「文貴形似」也有其嚴重的局限，卽只重物象的外在形貌，而忽視內在精神；對景物的描繪往往偏於客觀的複製，未能

㉞ 見劉勰：《文心雕龍·明詩》。
㉟ 同㉝。

灌注作者的情感，因而，在創造情景交融的審美「興象」上，終究還隔著一層。鍾嶸對此有所察覺。因此，他並不全面推崇和肯定「文貴形似」，而是在肯定的同時，褒中有貶，如上面所引他讚譽鮑照的那番話的同時，又說鮑照「然貴尚巧似」；在肯定顏延之「尚巧似」的同時，又說他「終身」不免以「錯采鏤金」爲「病」。這也表明，鍾嶸非常希望這些詩人避免「文貴形似」的上述局限。那麼，怎樣避免呢？在鍾嶸看來，與「文貴形似」有異的另一種審美創造追求，卽不專事鋪張描摹，而是能從情和景的統一中進行描繪，或寓情於景，或融景入情，使客觀景物的描繪滲透濃厚的主觀情感，以精神氣概和情景交融見長，乃是避免「文貴形似」局限的寶貴經驗。這也就是劉勰在論述建安五言詩創作時所概括的藝術經驗，卽：「造懷指事，不求纖密之巧；驅辭逐貌，唯取昭晰之能。」㊱鍾嶸是最推崇建安五言詩創作成就的，譽之爲「彬彬之盛」。因此，他進一步總結了這些藝術經驗，在提出「指事造形」的同時，

㊱ 同㉞。

還提出要「窮情寫物」，強調詩人要充滿激情地去描繪自然景物和各種人事，而情感的抒發也不能脫離自然景物和各種人事的描繪，要做到情景交融。這樣，作品所塑造的藝術形象，就不是停留在對物象外在形貌的客觀複製上，而是融合著詩人的個性氣質、心情意緒的審美「興象」。

第二，鍾嶸正是基於以「窮情寫物」爲創造審美「興象」的規律的認識，重視陶潛詩歌的審美創造。他稱讚陶詩說：

> 文體省淨，殆無長語，篤意真古，辭興婉愜。每觀其文，想其人德。世嘆其質直。至如「歡言酌春酒」、「日暮天無雲」，風華清靡，豈直為田家語耶？古今隱逸詩人之宗也。

大家知道，雖然謝靈運爲山水詩派開山之祖，但世所公認，陶詩描寫田園和山水的藝術成就，在謝靈運山水詩之上。謝靈運的山水詩多爲「文貴形似」之作，著重於山水景物外在形貌的描摹，如：

岩峭嶺稠疊，洲縈渚連綿；白雲抱幽石，綠篠媚清漣[37]。

時竟夕澄霽，雲歸日西馳。密林含餘清，遠峰隱半規[38]。

亂流趨正絶，孤嶼媚中川。雲日相輝映，空水共澄鮮[39]。

這樣描繪山水景物，誠如鍾嶸對謝詩褒中有貶的評語所說：「尚巧似，而逸蕩過之，頗以繁富為累」，卽雖然能以描出聲色狀貌見長，但用過多的雕琢去狀物寫景，則流於繁縟造作了。而陶潛的田園詩或山水詩，其藝術特色則正與此相反。它不事雕琢，卻能著力於景物的數筆勾勒點染，旣得其景物槪要，又將景物融滙於自己的主觀情感之中，以精神氣象見長。如：

曖曖遠人村，依依墟里烟。狗吠深巷中，鷄鳴桑樹顛[40]。

[37] 見〈過始寧墅〉。
[38] 見〈游南亭〉。
[39] 見〈登江中孤嶼〉。
[40] 見〈歸園田居〉其一。

采菊東籬下，悠然見南山。山氣日夕佳，飛鳥相與還[41]。

孟夏草木長，繞屋樹扶疏。衆鳥欣有托，吾亦愛吾廬[42]。

平疇交遠風，良苗亦懷新[43]。

這樣描繪的山水景物、田園風光，正是李澤厚所深刻分析過的那樣：「與謝靈運等人大不相同，山水草木在陶潛詩中不再是一堆死物，而是情深意長，既平淡無華又盎然生意」；「都充滿了生命和情意」；「不再是作爲哲理思辨或徒供觀賞的對峙物，而成爲詩人生活、興趣的一部分」[44]。陶潛何以能把山水草木描繪得如此妙趣橫生呢？根本原因在於他有「深厚的心胸和貫注生氣的情感」，並把這種心胸和情感融注於山水草木之中了。鍾嶸評陶詩所說：「每觀其文，想其人德」，也就是這個意思。但是，

---

[41] 見〈飲酒〉其五。

[42] 見〈讀山海經〉其一。

[43] 見〈懷古田舍〉其二。

[44] 李澤厚：《美的歷程》，中國社會科學出版社一九八四年版，第一三一頁。

眞能「窮情寫物」的陶詩，在很長一段時間，卻沒有引起人們的注意，更不爲時人所賞識。他的好友顏延之雖寫了〈陶徵士誄〉悼念他，但隻字未提他的詩歌；沈約修《宋書》，只把他當隱士歸入〈隱逸傳〉；《文心雕龍》評各代著名詩人，卻從未提及陶潛的名字。眞正認識陶詩審美創造的藝術價值，肯定陶潛的文學地位，是從鍾嶸開始的。儘管他把陶潛置之中品，不甚公允，但他對陶詩的評語，不僅句句是稱讚之詞，而且駁斥了「世嘆其質直」、「爲田家語」的不公之評，推許其詩作爲「辭興婉愜」，完全不亞於爲上品詩人所下的評語。這就從一個側面表明，鍾嶸很強調詩人要充滿激情地描繪自然景物和各種人事，以「窮情」爲創造審美「興象」的規律，不要光停留在物象外在的「形似」描摹上。也正是基於這種見解，鍾嶸對謝靈運的模山範水之作，並不全面推崇和肯定，而是旣褒又貶，但對謝靈運那些不事雕琢而融注了情感的佳句，如「明月照積雪」之類，則稱讚爲「興多才高」，「名章迥句，麗典新聲」，比之爲「青松」、「白玉」、「清水芙蓉」。由此也可見，鍾嶸是十分強調以「窮情」來「寫物」的。他所提出的「窮情寫物」，實際上就是移情於物，亦卽要求詩人將自己的情感外射於物，使物色帶情，使物象和情趣契合爲審美「興象」，也就是黑格爾說的：「在藝術裏，感性的東西是經過心靈化了，而心靈的東西也借感性化而顯現出來了。」[45]

三　「興比賦」以「文已盡意有餘」爲原則

鍾嶸將本是從《詩三百》中總結出來的詩歌藝術表現方法——「賦、比、興」，改列爲「興、比、賦」，並以這三種方法作爲詩人使其主觀情感與客觀物象契合在一起，構成審美「興象」的途徑。

鍾嶸認爲，這三種藝術表現方法，對於構成審美「興象」的作用，雖各有特點，必須「酌而用之」，但又相互聯繫，互爲作用，必須遵循一個共同原則來結合使用。這原則就是：使審美「興象」具有「文已盡而意有餘」的含蓄蘊藉之美。鍾嶸一反前

[45] 黑格爾：《美學》第一卷，商務印書館一九七九年版，第四九頁。

人對「興」的涵義的規定，將它解說為：「文已盡而意有餘，興也」；又一反前人把「興」列在三法之後的規定，特別將它列在首位，都是為了標舉這個原則。

前已述及，鍾嶸「明《周易》」。《周易・繫辭傳上》提出的命題——「言不盡意」而「立象以盡意」，特別是魏晉玄學家「言不盡意」論者，在闡述《周易》時提出的「象外」、「言外」之說，促使鍾嶸把這些思想融注到傳統的賦比興理論中，形成了「興」為「文已盡而意有餘」的新說。這個新說後來變成「言有盡而意無窮」，成了關於詩歌含蓄蘊藉之美最流行的命題。鍾嶸對「賦」的解說，正是以這個命題為原則。他說：「直書其事，寓言寫物，賦也。」這就是要求「直書其事」的「賦」法，也要在直接描寫景物或人事時，把詩人的思想感情寄寓在景物或人事的描繪中。這樣，「賦」法也就兼有「文已盡而意有餘」的「興」法特點了。清人劉熙載曾指出這一特點說：「《風》詩中賦事，往往兼比興之意。鍾嶸《詩品》所由竟以『寓言寫物』為賦也。賦兼比興，則以言內之實事，寫言外之重旨。」㊻對於「比」，鍾嶸則

㊻ 劉熙載：《藝概・賦概》。

解說為「因物喻志」，即把詩人的思想情感溶滙在物象中，完全不正言直述，而借物象作形象比喻來表達，使讀者自去咀嚼其中蘊涵的情意。可見，鍾嶸對「興、比、賦」的解說，雖有不同，但又渾然一體，歸根結底，都是要求詩人善於綜合運用這三種藝術方法，去使審美「興象」既情景交融又有「言外重旨」，具有含蓄蘊藉之美。

具有含蓄蘊藉之美的詩歌，就其給欣賞者提供一個具體可感的審美「興象」來說，它是確定的、有限的，這就是鍾嶸所說的：「言在耳目之內」；就其審美「興象」有「言外重旨」，能引發讀者聯想，使之獲得多方面的審美感受來說，它又是不確定的、無限的，這就是鍾嶸所說的：「情寄八荒之表」。這兩者的統一，必然使欣賞者獲得豐富而持久的「滋味」美感。阮籍是最善於綜合運用「興比賦」寫其〈詠懷〉之作的大師，而「言在耳目之內，情寄八荒之表」，本來就是鍾嶸讚美其〈詠懷〉之作的評語。因此，不妨以〈詠懷〉首篇〈夜中不能寐〉為例，對阮籍運用「興比賦」寫出為鍾嶸如此讚美的詩歌，作點考察，更可以看出鍾嶸主張「興比賦」以「文已盡而意有餘」為原則，其目的正是在於追求含蓄蘊藉之美。

夜中不能寐，起坐彈鳴琴。薄帷鑒明月，清風吹我襟。孤鴻號外野，
翔鳥鳴北林。徘徊將何見？憂思獨傷心，

綜觀全詩，詩人確乎是綜合地運用「興比賦」三法而寫的。詩人用黑夜象徵司馬氏專橫而使世道昏暗，接著，寫他在這茫茫的黑夜裏，由不寐而披衣彈琴，看到月映薄帷，感到風動衣襟，再聽到孤鴻哀號，還有那北林上的翔鳥也在悲鳴。這些描寫與敍述，既都是以情賦事和賦景，又都是「賦而興」和「賦而比」，從而寄寓了憂思，托喻了內心憤懣、緊張而凄切的心理活動。那清風冷月和孤鴻翔鳥，都與詩人對人世禍患的憂悸愀愴之情發生交流，更兼「比興」之意。最後則在結句「憂思獨傷心」的「獨」字的總貫下，把詩人的憂思與茫茫夜色交融一體，寄托著詩人對世道昏暗不可以盡言的悲憤和憂生之嗟。王夫之說：「此詩以淺求之，若一無所懷，而字後言前，眉端吻外，有無盡藏之懷，令人循聲測影而得之。」㊼的確，詩中不寐而彈琴的詩人

㊼ 王夫之：《古詩評選》卷四。

自我，清風冷月，翔鳥孤鴻，結句中的「獨傷」，都是用「賦」法寫出的可以「循聲測影」的「情形色相」，具有確定性；而詩人的那些憂悸愀愴、悲憤和憂生之嗟等思想感情，則都是用「比興」兩法寫出的「字後言前」之意，具有不確定性和無限性，讀者只可「循聲測影而得之」，去獲得那耐人尋味的含蓄蘊藉的審美情趣。

從以上所述，可見鍾嶸關於「興比賦」必須以「文已盡而意有餘」爲原則的主張，其美學意蘊，就是要求處理好審美「興象」的確定性、有限性，與不確定性、無限性的關係，使兩者統一起來，構成含蓄蘊藉、言外重旨的藝術美，令欣賞者產生回味無窮的美感「滋味」。

四 「風力」與「丹采」相結合

在鍾嶸看來，上述審美「興象」所具有的含蓄蘊藉、言外重旨的藝術美，雖能令欣賞者產生出回味無窮的美感「滋味」，但還不是能產生巨大美感力量的藝術美。因此，他進一步指出：

> 宏斯三義（指興比賦），酌而用之，幹之以風力，潤之以丹采，使味之者無極，聞之者動心，是詩之至也。若專用比興，患在意深，意深則詞躓。若但用賦體，患在意浮，意浮則文散，嬉成流移，文無止泊，有蕪漫之累矣。

這就是說，詩歌的內容還必須以「風力」爲主幹，又在詩歌的語言形式上，以「丹采」爲潤飾，方能創造出能產生「味之無極，聞之動心」的藝術美。但如果「興比賦」三法使用不當，就會出現詩歌內容中的情意不是隱晦，就是浮淺，而語言也會不通暢，甚至繁雜散亂。顯然，這「幹之以風力，潤之以丹采」，是針對詩歌內容與形式的審美創造，所提出的一項「風力」與「丹采」相結合的美學要求。也就是說，要求詩歌內容具有「風力」之美的素質，詩歌的形式要具有「丹采」之美的色調。

具體來說，鍾嶸所要求的「風力」之美與「丹采」之美，究竟是些什麼內容呢？

先說「風力」之美的內容。

所謂「風力」，鍾嶸有時又稱爲「骨氣」，如評曹植詩「骨氣奇高」，這裏的「骨」就是「力」，「氣」則是「風」，「骨氣」與「風力」是相同的概念。所以，「風力」也就是「風骨」，如鍾嶸稱「建安風力」，而在鍾嶸之後的詩論家，則大多都依據劉勰《文心雕龍・風骨》中所提出的「風骨」概念，稱「建安風骨」或「漢魏風骨」。

從六朝時期的畫論、書論、文論來看，這種要求作品內容應具有「風力」之美的素質的主張，是這個時期各門藝術理論家共同的美學見解。如，謝赫《古畫品錄》評曹不與所畫之龍說：「觀其風骨，名豈虛成」；評夏瞻人物畫說：「雖氣力不足，而精彩有餘」；評其它畫家時，還說過「神韻氣力」、「風力頓挫」等評語。梁代袁昂《書評》則說：「蔡邕骨氣風遠，爽爽有神。」而梁武帝《書法要錄》還要求書法「骨力相稱」，反對「純骨無媚」，又反對「純肉無力」。劉勰則更在《文心雕龍》中，設《風骨》專篇，全面地論述了詩賦應具有「風骨」的問題。可見，要求作品內容應有「風力」之美的素質，乃是六朝時期的美學思潮。

形成這種美學思潮的原因，一是魏晉以來流行的元氣論；二是魏晉以來「人物品藻」講究品鑒人物精神氣概的風氣；三是魏晉六朝時人以憤慨悲涼爲美的審美心理。我們聯繫這些原因，去考察「風力」之美的內容，則可發現鍾嶸要求詩歌內容所應具有的「風力」之美的素質，主要有以下兩個層次的美學內容：

㈠精神本質的氣勢美

元氣論不僅認爲元氣既是自然界萬物的生命本源（如前面所引嵇康語），又是人的生命力的本源（如三國時人楊泉《物理論》：「人，含氣而生。」）；而且還認爲，這種生命力之本源的元氣，不僅使人有精神氣概，也使自然界的山河雲海等等無生命的各種物類都有內在的精神氣概，或稱它爲「精神」、「神」；或稱爲「神氣」、「生氣」；或直接就稱爲「氣」、「元氣」。例如：

夫人之所以生者，陰陽氣也。陰氣主為骨肉，陽氣主為精神[48]。

形者，神之宅也[49]。

及夫中散下獄，神氣激揚[50]。

積山萬狀，爭氣負高，含霞欣景，參差代雄[51]。

遙望見舂陵郭，曰：「氣佳哉！郁郁葱葱。」[52]

（王子猷）以手拄頰云：「西山朝來，致有爽氣。」[53]

支道林常養數匹馬，或言：「道人畜馬不韵。」支曰：「貧道重其神駿。」[54]

---

[48] 王充：《論衡·訂鬼》。
[49] 葛洪：《抱朴子內篇·至理》。
[50] 江淹：〈恨賦〉。
[51] 鮑照：〈登大雷岸與妹書〉。
[52] 范曄：《後漢書·光武紀》。
[53] 見《世說新語·簡傲》。
[54] 見《世說新語·言語》。

魏晉以來的「人物品藻」，深受這種元氣論的影響，最先提出「風骨」、「骨氣」、「風力」這些概念，去讚賞人物的神姿風貌所呈現出的精神氣概。例如：

> 義之風骨清舉也[55]。
>
> 時人道阮思曠，骨氣不及右軍[56]。
>
> （孔覬）少骨梗有風力，以是非為己任[57]。
>
> 庾道季云：廉頗、藺相如雖千載上死人，懍懍如有生氣[58]。

上述元氣論學說，以及「人物品藻」中講究品鑒精神氣概的風氣，反映到文藝領域中，就產生出了要求作品內容應具有「風力」之美的主張。因此，鍾嶸提出的「幹之

---

[55] 見《世說新語・賞譽》劉孝標注引〈晉安帝紀〉。

[56] 見《世說新語・品藻》。

[57] 見《宋書・孔覬傳》。

[58] 同[56]。

以風力」，首先就是要求詩歌內容既要富有詩人本身的精神氣概，又要蘊涵著自然景物的活潑生氣，從而由這兩者相化合而騰發出巨大的氣勢美。「風力」所包含的這個美學內容，最突出地表現在鍾嶸強調詩歌應具有「氣」的見解上。如前所述，他評曹植詩，讚美其「骨氣奇高」；評劉楨詩，稱讚其「仗氣愛奇」；評劉琨詩，不僅讚美爲「自有清拔之氣」，而且讚揚他「仗清剛之氣」，改變了玄言詩的不良詩風；評陸機，則批評他「氣少於公幹」；評袁嘏詩時，還特別引了袁嘏自謂「我詩有生氣」之說。可見，鍾嶸是十分強調詩歌應富有「氣」的。而凡是提倡「風力」或「風骨」的文藝理論家，都無不強調作品應具有「氣」。劉勰在〈風骨〉篇中，就明確提出：「情之含風，猶形之包氣」，並說他提倡「風骨」與曹丕稱「文以氣爲主」，是一樣的見解；沈約也高度推崇曹植、王粲的詩作是「以氣質爲體」(59)；南朝宋人王僧謙在論及王微的詩文時，則讚譽其「骨氣可推」(60)，都一致地強調作品內容應具有「氣」。

(59) 見《宋書・謝靈運傳論》。
(60) 見《宋書・王微傳》。

而且，許多研究《文心雕龍》的學者，還很突出地闡明「氣」就是「風骨」。如清人黃叔琳說：「氣是風骨之本」；紀昀則進一步說：「氣卽風骨，更無本末」[61]。所以，「風力」之美的素質，首先是精神本質的氣勢美。

(二)情感怨憤的悲壯美

本章第一節，已較爲詳細地指出，魏晉六朝時人確實形成了一個共同的審美心理，卽「文詞不怨思抑揚，則流淡無味」，而鍾嶸又適應這種審美心理，特別讚美抒發慷慨悲涼之情和憂憤不平之氣的詩作。所以，他要求詩歌內容所應具有的「風力」之美的素質，其第二個層次的美學內容，就是情感的抒發既慷慨悲涼，又感恨愀愴，從而由這兩者相結合而構成怨憤的悲壯美。這最鮮明而突出地表現在鍾嶸強調要復興「建安風力」傳統的見解上。在鍾嶸看來，「建安風力」的最重要的特色，乃是憤慨

[61] 見《文心雕龍》黃注紀評本。

激昂的悲怨之情抒發得既深沉又熾烈，具有悲壯美。他說曹植詩「情兼雅怨」；曹操詩「甚有悲涼之句」；王粲詩「發愀愴之詞」，就都是指「建安風力」的這個特色。但是，從太康以後到東晉末年，在這段很長的歷史時期內，五言詩的創作違背了「建安風力」傳統，鍾嶸嘆息爲「建安風力盡矣」。然而，當郭璞、劉琨「變創其體」，或「坎壈咏懷」，或「爲凄戾之詞」，即抒發悲怨感恨之情，鍾嶸則認爲是「建安風力」中興的表現。所以，從鍾嶸力主復興「建安風力」傳統來看，其「風力」之美的素質所包含的第二個層次的美學內容，乃是情感怨憤的悲壯美（參見本章第一節）。

現在，再說「丹采」之美的內容。

「丹采」，明鈔本作「丹粉」。所謂「潤之以丹采」，就是要求在詩歌語言形式的色彩上，要有如下一些「刷色」：

一、濃麗之色

鍾嶸引述《翰林》的描述，稱讚潘岳詩作：「翩翩然如翔禽之有羽毛，衣服之有綃縠」，又引謝混的描述稱讚說：「潘詩爛若舒錦」，並置之於上品。這就表明，在詩歌語言形式的色彩上，鍾嶸主張刷以濃麗之色。試看潘岳〈河陽縣作〉（二首）中的一些詩句：

幽谷茂纖葛，峻岩敷榮條；落英隕林趾，飛莖秀陵喬。
川氣冒山嶺，驚湍激岩阿；歸雁映蘭渚，游魚動圓波。

這「幽谷」、「纖葛」、「峻岩」、「榮條」、「落英」、「林趾」、「飛莖」、「川氣」、「蘭渚」等等狀聲狀色狀形之詞，何其「綺縠紛披」！再加上所用動詞「茂」、「敷」、「隕」、「秀」、「冒」、「激」、「映」、「動」，都是一些奇艷而凝重的字眼，更顯得繽紛斑駁，色彩濃麗，所以，有「爛若舒錦」之美。

二、淡雅之色

鍾嶸最推崇曹植詩作的「詞采華茂」，也很推崇張協詩作的「華淨」和「詞采葱蒨」，而且肯定「清水芙蓉」之美，主張詩歌應「自然英旨」。這表明，在詩歌語言形式的色彩上，鍾嶸提倡刷上介乎濃麗與淡素之間的淡雅之色。正如黃侃《詩品講疏》論建安五言詩所說：「文采繽紛，而不能離閭里歌謠之質。故其稱物則不尚雕鏤，敍胸情則唯求誠懇，而又緣以雅詞，振其美響。」㊷試看曹植的〈七哀〉詩，就是「緣以雅詞」而使其語言形式的色彩具有淡雅之色的代表作：

明月照高樓，流光正徘徊。上有愁思婦，悲嘆有餘哀。借問嘆者誰？言是宕子妻。君行逾十年，孤妾常獨棲。君若清路塵，妾若濁水泥。浮沉各異勢，會合何時諧？願為西南風，長逝入君懷。君懷良不開，賤妾當何依？

全詩在「質而不俚，淺而能深，近而能遠」的藻飾籠罩下，使語言形式的色彩極爲柔和而流麗，構成了「摛藻也如春葩」的「淡雅清新」的「丹采」之美。

總之，在鍾嶸看來，詩人從以「物」之「搖蕩性情」爲創作動力開始，到遵循

㊷ 轉引自范文瀾：《文心雕龍注》上册，第八七頁。

「直尋」與「窮情」的審美創造規律，並運用「興比賦」的藝術表現方法，構造出「文已盡而意有餘」的審美「興象」，進而還必須使詩歌內容包孕有「風力」之美，使詩歌形式具有「丹采」之美，這才是最富有「驚心動魄」美感力量的詩歌創作的全過程，也才是具有無窮的「滋味」的美感效果的詩歌所特有的創作原理。

第四章　詩歌審美鑒賞與藝術評論

鍾嶸從其審美中心論的核心思想「滋味」說出發，以詩歌給予人們美感享受的程度，作爲判別詩歌「優劣高下」的最高標尺，去品評各家詩作，在中國詩歌批評史上，開創出一條詩歌審美鑒賞與藝術評論相結合的新路，並在大量的詩歌評論實踐中，對詩歌審美理想與審美趣味，對詩歌風格流派及其形成的淵源關係，提去了較爲系統的看法，其中有很多深刻見解，都貫穿在他對具體作品的評論中。

一 「自然英旨」的審美理想：人格美與「清水芙蓉」的審美趣味

鍾嶸主張詩的審美理想應該是「自然英旨」，即自然鮮美。他在批評「錯采鏤金」的駢麗文風影響到詩歌創作句句用典時，揭示了這個審美理想，又在批評顏延之「喜用古事，彌見拘束」的詩病時，特別引述了湯惠休對謝靈運與顏延之的不同審美追求的評語：

湯惠休曰：「謝詩如芙蓉出水，顏如錯采鏤金。」顏終身病之。

這條評語在《南史》顏延之本傳中，則記載爲鮑照所說：

延之嘗問鮑照己與靈運優劣，照曰：謝五言如初發芙蓉，自然可愛；

君詩若鋪錦列繡，亦雕繢滿眼。

宗白華先生在《美學散步》中說，「清水芙蓉」和「錯采鏤金」，「這可以說是代表了中國美學史上兩種不同的美感或美的理想」。他還說：

魏晉六朝是一個轉變的關鍵，劃分了兩個階段。從這個時候起，中國人的美感走到了一個新的方面。表現出一種新的美的理想。那就是認為「初發芙蓉」比之於「錯采鏤金」是一種更高的美的境界。在藝術中，要着重表現自己的思想，自己的人格，而不是追求文字的雕琢。❶

大家知道，審美趣味雖然以主觀愛好的形式表現出來，但歸根結底，乃是人們在審美

❶ 宗白華：《美學散步》，第二九頁。

活動中所反映出來的一種審美的傾向性。這種審美的傾向性正是一定社會的審美理想的具體表現。因此，鍾嶸所提出的「自然英旨」的審美理想，正概括地表述了「清水芙蓉」的審美趣味。而鍾嶸之所以提出這個審美理想，崇尚「清水芙蓉」的審美趣味，則與魏晉「人物品藻」中突出崇尚人格的「清眞」、「清遠」、「清蔚」、「清暢」之類的美，有著極爲密切的聯繫。試看《世說新語》及劉孝標注所引魏晉古籍對這種人格美的審美崇尚：

> 山公舉阮咸為吏部郎，目曰：「清真寡欲，萬物不能移也。」
>
> 康子紹，清遠雅正。
>
> 殷中軍道右軍：「清鑒貴要」。
>
> 友人王眉子清通簡暢。
>
> 世目謝尚為令達。阮遙集云：「清暢似達」。
>
> 撫命問孫興公：「劉真長何如？」曰：「清蔚簡令」。

濛神氣清韶。〈言語〉注引〈王長史別傳〉

劉熙《釋名》曰：「清，青也。去濁遠穢，色如青也。」可見，「清」既有清超拔俗之意，又有自然樸素之意，還有純淨明徹之意。而我們從《世說新語》中還可看到，上述具有「清」之特點的人格，就是指人格具有清新脫俗，晶瑩淨潔之美。「王公目太尉，岩岩清峙，壁立千仞」；「卞令目叔向，朗朗如百間屋」；「太尉神姿高徹，如瑤林瓊樹，自然是風塵外物」；「有人嘆王公形茂者，云：濯濯如春月柳」；「時人目夏侯初，朗朗如日月入懷」。《世說新語》的〈賞譽〉和〈容止〉，用如此玉潔冰清般的自然美景，來形容太尉、叔向等人的神姿，正形象地表現了這種清新脫俗、晶瑩淨潔的人格美。

晉代「人物品藻」中，不僅崇尙這種人格美，而且要求人們以具有這種人格美的心靈欣賞自然美，以超脫世俗的審美心胸觀照自然美，從而在文藝作品中表現出這種人格美。《世說新語·巧藝》記載：庾道季見戴安道創作的山水畫不美，「謂之曰：

『神明太俗，由卿世情未盡』」。這既是批評戴安道創作的山水畫沒有表現出清新脫俗而又晶瑩淨潔的人格美，同時，也指出了他的精神尚未絕俗，還不淨潔，有庸俗之情，不能以超脫世俗的審美心胸觀照山水美，自然表現不出這種人格美。《世說新語·言語》還記載說，司馬太傅認爲，「天月明淨，都無纖翳」，美得很！但謝景卻認爲，「不如微雲點綴」之美；司馬太傅立卽反駁說：「卿居心不淨，乃復強欲滓穢太清邪！」這表明，司馬太傅是堅決主張以超脫世俗的審美心胸觀照自然美的。

鍾嶸受上述審美崇尚的影響，對詩歌的一個突出的審美要求，也是崇尚「清捷」、「清遠」、「清便」、「清拔」、「清靡」、「清雅」之類的美。如：

〈團扇〉短章，詞旨清捷。

（嵇康）托喩清遠。

（劉琨）自有清拔之氣。

（范雲）清便宛轉。

安道詩雖嫩弱，有清上之句。
令暉歌詩，往往嶄絕清巧。
祏詩猗猗清潤。子陽詩奇句清拔。

因爲「清」與俗濁汚穢相對立，有自然、純淨、明徹、質樸之意，所以，鍾嶸又以「跨俗」、「華淨」、「高潔」、「質直」、「秀逸」、「明靡」等概念，來表述這個審美要求。

鍾嶸對詩歌的這個審美要求，就詩歌的內容來說，是強調要表現清超拔俗的人格美。劉楨的詩剛勁挺拔，表現了不苟同流俗的遠大志向和高潔堅貞的品格，鍾嶸贊美爲「貞骨凌霜，高風跨俗」。嵇康不趨炎附勢，堅決反對司馬氏專權，常以詩歌抒發其純眞的情感，表現其高超的人格和清遠的情趣：「斥鷃擅蒿林，仰笑神鳳飛」❷；「飄搖戲玄圃，黃老路相逢」❸。陶潛的田園山水詩，表現了他棄絕流俗、卓爾不羣

❷ 見〈述志詩〉。
❸ 見〈游仙詩〉。

的精神境界，如「清氣澄餘滓，杳然天界高」❹；「和澤周三春，清涼素秋節；露凝無游氛，天高肅景澈；陵岑聳逸峯，遙瞻皆奇絕」❺。這清明淨潔的景象正是陶潛高超人格純淨心懷的象徵，所以，鍾嶸贊美爲「風華清靡」，並說「每觀其文，想其人德」。這都表明，鍾嶸對詩歌的審美之「清」，首先是要求詩歌要寫高潔的情趣、志向、懷抱，表現人格美，卽如明人胡應麟所說：「詩最可貴者清」，「有思清」，「清者，超凡絕俗之謂，非專於枯寂閑淡之謂也」❻。

其次，在藝術形式上，鍾嶸對詩歌的審美要求所提出的「清」，是反對人工雕琢之美，主張自然樸素之美。陶潛詩中不加雕飾的語言，毫無工巧痕迹的審美「興象」，旣表現了農村高潔樸實的生活情態和自然景象，又反映了自己晶瑩透亮的人格。所以，鍾嶸稱譽陶詩「文體省淨，殆無長語」。例如，受鍾嶸特別喜愛的「日暮天無

---

❹ 見〈已酉歲九月九日〉。
❺ 見〈和郭主簿〉其二。
❻ 見胡應麟：《詩藪・外編》卷四。

雲」，語言省淨，毫無修飾，卻把明淨的天空寫得別具渾樸淡素之美，耐人尋味。謝朓的詩也是不事雕飾，而力求明切清新，自然天成，因此，鍾嶸評爲「一章之中自有玉石」。玉的美就是一種「絕去形容，獨標眞素」的美。你看，謝朓的名句：「餘霞散成綺，澄江靜如練」❼；「日華川上動，風光草際浮」❽，是多麼清新秀麗，而又質樸自然，淡遠清新，不現雕琢痕迹，而有天然之美。范雲與丘遲的詩，都曾受齊梁間專重辭藻聲律之美的影響，不少詩篇缺乏自然質樸之美，但也有一些詩篇文字清新自然，因而，鍾嶸評爲：「范詩清便宛轉」；丘詩「點綴映媚」。這都表明，鍾嶸對詩歌的審美要求所提出的「清」，就是要求詩歌的形式美應樸素自然，淡雅清新，不現人工雕琢痕迹，卽如明代楊愼所說：「清者，流麗而不濁滯。」❾

綜上所述，鍾嶸所崇尙的「清」，其美學意蘊，乃是追求以清新脫俗、自然質樸

---

❼ 見〈晚登三山望京邑〉。

❽ 見〈和徐都曹出新亭渚〉。

❾ 見楊愼：《總纂升庵合集》卷一四四。

的藝術描寫，表現高潔的人格美，反對踵事增華、鋪錦列繡、稠密綺靡的雕飾美。這個美學意蘊的核心，則是「超凡絕俗」和「清眞流麗」。

「自然英旨」，「清水芙蓉」，正形象化地表述了這個美學意蘊的核心。因爲「文而過飾者，易俗也」⑩，但「清水出芙蓉，天然去雕飾」，則不俗，所以，鍾嶸引湯惠休對謝靈運的評語，明確地主張他崇尙「清水芙蓉」的審美趣味。而且，鍾嶸認爲，以清新脫俗、自然質樸爲藝術特色的詩，是與專在形式上「錯采鏤金，雕績滿眼」的詩相對立的，因此，他雖置講究人工雕飾之美的陸機于上品，但又批評他「有傷直致之奇」，並批評齊梁時期的「王公縉紳」和「膏腴子弟」專事形式雕琢的詩風，「傷其眞美」，卽損傷了自然質樸之美，嘆息「自然英旨，罕值其人」，主張詩歌創作與審美鑒賞都必須追求「自然英旨」的審美理想和「清水芙蓉」的審美情趣。這種審美理想和審美趣味，要求詩歌的審美創造，不是停留在外在形式的濃裝艷抹的

⑩ 見陸時雍：《詩鏡總論》。

裝飾美上，而是如後來蘇軾所說的那樣：「絢爛之極歸於平淡」⑪，「似淡而實美」⑫，就是在自然平淡的詩歌意境中，要蘊蓄深邃雋永的內容，要著重表現詩人的人格美，而不是「浮薄之艷」。

二　寓理性評論於審美鑒賞

鍾嶸認爲，陸機、摯虞等人的文論著作「皆就談文體，而不顯優劣」；謝靈運，張騭等人所編纂的詩文總集都「逢詩輒取」，或「逢文卽書」「曾無品第」；同時，也深感當時的詩歌評論十分混亂，各人「隨其嗜欲，商榷不同，淄澠並泛，朱紫相奪，喧議竟起，准的無依」，因此，決定在他的《詩品》中，以「顯優劣，辨品第」的詩評爲主。他爲了實踐這個詩評主張，專門從漢代至齊梁之際的眾多五言詩人中，

⑪ 見《竹坡詩話》。
⑫ 見《東坡題跋》。

精選出一百二十二位能稱爲「才子」的五言詩人，再加上無名氏《古詩》一組，作爲入品的評論對象，既以簡約雋永的評語，對全部入品詩人詩作的「得失利病」，都逐一地作出了評判，又以上、中、下「三品升降」的方式，判定了全部入品詩人的品位，以顯示出他們的「優劣高下」。

對於鍾嶸這樣進行詩評，《南史》鍾嶸本傳曾概括地表述爲：「嶸品古今詩爲評，言其優劣」。這裏所用的「品」字，乃是「品而第之」的意思，卽既有品味、品藻、品鑒、品賞之義，又有品位、次第之義。所以，《南史》鍾嶸本傳的這個表述，實際上是指鍾嶸把審美鑒賞與藝術評論結合起來進行詩評。在鍾嶸《詩品》寫成以前，雖已有劉勰等人提出了較爲系統的鑒賞批評理論，也具體地對一些作家作品作了鑒賞批評，但誰也沒有像鍾嶸那樣以「滋味」美感爲詩歌批評的最高標尺，更自覺地把審美鑒賞與藝術評論結合起來，對衆多的詩人作品，進行了廣泛而深刻的評論。因此，鍾嶸的詩評中，創造出了多種寓詩歌理性評論於審美鑒賞的方式和方法，使審美鑒賞與藝術評論能緊密地結合起來。

第一、鍾嶸善於從品味詩歌藝術美的角度，去評價作品審美創造水平的高低，既有對作品「利病得失」的理性分析，又伴隨有對藝術美的審美感受的直接描述。鍾嶸認爲：「詩之爲技，較爾可知，以類推之，殆均博弈。」這實際上是認爲，詩歌作爲一種審美創造的技藝，是詩人通過一定的藝術技巧構建的，其藝術技巧的「利病得失」，也如同棋藝之「術」一樣，能在觀弈對棋之中，「較爾可知」。因此，他既明確地把「掎摭利病」（卽分析和揭示作品藝術技巧的優缺點），作爲自己的詩歌評論的一項主要內容，又強調從品味詩歌藝術美的角度，去鑒別作品在審美創造上的得失，以及藝術技巧的「利病」。如說，曹丕有「百許篇」詩歌，「皆鄙質如偶語」，就是從品味詩歌藝術美的角度，指出其審美創造上的缺陷在於語言技巧上太不講究藻飾，沒有詞采之美；但鍾嶸又指出，對曹丕「西北有浮雲」十餘首〈雜詩〉，如果從它們都足以供人們「美贍可玩」的品賞玩味中，去進行審美體驗，則「始見其工」。這個「工」，就是指曹丕十餘首〈雜詩〉的藝術技巧十分精巧高明。現試看〈雜詩〉第二首：

西北有浮雲，亭亭如車蓋。惜哉時不遇，適與飄風會。吹我東南行，
行行至吳會。吳會非我鄉，安得久留滯？棄置勿復陳，客子常畏人。

曹丕這首詩的藝術技巧也確乎是很精巧高明的。首先，善於運用「興比賦」三法，使寫景、敍事、抒情緊密地融合在一起。這突出表現在：詩人選取了最適宜於比喻「客子」身分的景物——聳立高空而無依靠的「浮雲」，並成功地對這一景物與「客子」流離失所、飄泊無依的遭際，作了「附物切情」的描繪，從而栩栩如生地顯現出了飄泊他鄉孤苦無依的「客子」形象。其次，善於運用清麗的語言、輕盈的文筆、低沉的情調，與「客子」中腸摧切的陳訴和哀吟相互配合，和諧一致，從而產生一種掩抑凄怨、動人肺腑的韻味。鍾嶸認爲，曹丕正是以這類精巧高明的藝術技巧，在十多首〈雜詩〉中，創造出了華美豐富而耐人尋味的藝術美。只有品嚐玩味這耐人尋味的華美豐富的藝術美，才看得出曹丕在〈雜詩〉審美創造上的藝術技巧是何等高明精巧。

又如，鍾嶸認爲，對郭璞的〈游仙詩〉，只有從其「彪炳可玩」的審美欣賞中，才能

知道「始變永嘉平淡之體」，「是坎壈咏懷，非列仙之趣也」。而郭璞的十四首〈游仙詩〉，也的確以具有璀燦絢麗之美的仙境，表露出內心悲憤抑鬱的眞情，改變了毫無美感、純爲概念羅列的永嘉玄言詩風。例如：

京華遊俠窟，山林隱遁棲。朱門何足榮，未若托蓬萊。臨源挹清波，
陵岡掇丹荑。靈谿可潛盤，安事登雲梯。漆園有傲吏，萊氏有逸妻。
進則保龍見，退為觸藩羝。高蹈風塵外，長揖謝夷齊。
雜縣寓魯門，風暖將為災。呑舟湧海底，高浪駕蓬萊。神仙排雲出，
但見金銀臺。陵陽挹丹溜，容成揮玉杯。嫦娥揚妙音，洪崖頷其頤。
升降隨長烟，飄颻戲九垓。奇齡邁五龍，千歲方嬰孩。燕昭無靈氣，
漢武非神才。

前一首以游仙的高蹈遺世，否定「朱門」的富貴榮華；後一首則更以游仙的高蹈遺

世，馳騁其擺脫塵俗束縛而無限自由的理想，否定帝王們陷於物色之欲的富貴生活，從而寄托了詩人內心中的坎壈悲憤之情，正如清人劉熙載所說：「〈游仙詩〉假栖遁之言，而激烈悲憤，自在言外。」⑬可見，上述鍾嶸對郭璞〈游仙詩〉的評價，乃是欣賞詩人採用比興寄托的藝術方法，構成了能使人體味出言外之意的審美「興象」，改變了淡乎寡味的玄言詩體。這就充分表明，鍾嶸對作品藝術技巧「利病得失」的分析，是在品味詩歌藝術美的基礎上進行的。唯其如此，所以，《詩品》中對作品所作出的「掎摭利病」的理性評語，大多都伴隨有鍾嶸對作品的審美感受，常常直接描繪了他在品味藝術美中所獲得的美感享受，以及陶醉在美感享受中的激賞之情。下面略舉幾例，稍加分析，以見一斑。

第一例，評曹植詩云：「骨氣奇高，詞采華茂；情兼雅怨，體被文質。」這是從內容與形式兩個方面，對曹植詩歌審美創造的卓越成就，以及詩歌藝術美的特色，作

⑬ 見劉熙載：《藝概・詩概》。

出的理性評價，純屬抽象概括。然而，鍾嶸旋卽把自己的審美感受，加以描述說：「粲溢今古，卓爾不羣。嗟乎！陳思之於文章也，譬人倫之有周、孔，鱗羽之有龍鳳，音樂之有琴笙，女工之有黼黻。俾爾懷鉛吮墨者，抱篇章而景慕，映餘暉以自燭。」這些描述旣飽含著對曹植詩歌藝術美的激賞之情，又有一系列生動的形象作比喻，本身就富有美感，旣能給人以曹植詩歌藝術美的直接感知：「粲溢今古，卓爾不羣」；又對曹植詩歌美學價值作了含義深長而又具體化的贊嘆，比之爲「譬人倫之有周、孔」。李澤厚曾說：「鍾嶸比之爲『譬人倫之有周孔』，重要原因之一也就是，從他開始，講究詩的造詞煉句。所謂『起調多工』，精心煉字，對句工整，音調諧協……都表明他是在有意識地講究做詩，大不同於以前了。正是這一點，使他能作爲創始代表，將後世詩詞與難以句摘的漢魏古詩劃了一條界線。所以鍾嶸要說他是『譬人倫之有周、孔』了。」⑭可見，鍾嶸對曹植詩歌的評論，旣有理性的高度評價，又

⑭ 李澤厚：《美的歷程》，第一二三頁。

同時伴以對曹植詩歌美學價值的嘆賞、欣羡，把理性的高度評價化為形象性和情感性的審美感受，給人以深刻而具體的感知。

第二例，評陸機詩，先肯定陸機善於在詩歌詞采上進行審美創造：「才高詞贍，舉體華美」；接著，指出陸機詩歌審美創造的缺陷：「氣少於公幹，文劣於仲宣。尚規矩，不貴綺錯，有傷直致之奇。」這一褒一貶，都是理性評判。但鍾嶸旋即又伴以對陸機詞采富麗之美的欣賞和情感上的讚嘆：「然其咀嚼英華，厭飫膏澤，文章之淵泉也。」激賞之情，溢於言表，欣賞和評價，互相交融。誠如陳延傑所說：「陸機〈為顧彥先贈婦詩〉有曰：『京洛多風塵，素衣化為緇。』此眞英華膏澤者。其後謝朓本之曰：『緇塵染素衣，』遂為名句。其衣被詩人，諒非一代。他若鋪陳整贍，開顏光祿一派，信文章之淵泉矣。」⑮

第三例，評張協詩云：「詞采葱蒨，音韻鏗鏘。」前者指張詩語言色彩美的特

⑮ 見《詩品注》，第二五頁。

色，後者指張詩語言聲韻美的特色，都屬於理性的高度評價。接著，鍾嶸又直接描繪了對這種藝術美的審美感受：「使人味之，亹亹不倦。」表明了他陶醉在藝術美的感奮中。

總之，鍾嶸在給一百二十三位詩人所下評語中，其理性的評價，多數都伴有對藝術美的審美感受。而他稱讚張欣泰、范縝詩「賞心流亮」；江祀詩「明靡可懷」；謝瞻、謝混等人的詩「殊得風流媚趣」，更是從品味詩詞藝術美的角度，直接描述了對這些詩人的作品進行審美鑒賞的美感經驗，從而表述了他對這些詩人作品的評價。

第二、鍾嶸善於從「就人而贊風格」的角度，將詩歌成就的理性評判，寓於對詩歌風格美的直接審美感知中。

所謂詩歌的風格，乃是由詩人主觀方面的特點和題材客觀方面的特徵相統一而造成的作品獨特面貌。而風格美則是這種獨特面貌所呈現出來的獨特的藝術美。因此，對風格美的把握，是將審美鑒賞與藝術評論相結合進行詩評的關鍵。鍾嶸的詩評方式正抓住了這個關鍵。他往往從鑒賞作品的風格美入手，把他對風格美的鑒賞印象，昇華爲對詩歌成就的理性評判，同時又帶上審美鑒賞的直感性，使理性評判寓於對風格美的直接審美感知中。如《古詩》中的評語云：「文溫以麗，意悲而遠，驚心動魄，可謂幾乎一字千金」；「『客從遠方來』、『橘柚垂華實』，亦爲驚絕矣。人代冥滅，而清音獨遠，悲夫！」這就把對《古詩》風格美的鑒賞印象，昇華爲對《古詩》成就的理性評判，同時更多帶有審美感受時所獲得的鑒賞印象的直感性。《古詩》所抒悲愴之情，大都蘊涵在情意深邈的「興象」中，並用質樸、清新、自然的語言表現出來，使得這些悲愴的抒情具有自己獨特的風格特色，既顯得異常溫厚平和，又顯得非常沉鬱悲涼，言近旨遠，耐人回味。明代胡應麟曾評論《古詩》風格美的特點是：「蓄神奇於溫厚，寓感愴於和平」⑯。而鍾嶸所說的「文溫以麗，意悲而遠」，互文見義，也正是指《古詩》風格美的特點，在於詩的風貌溫厚平和，婉麗清新，而情意則是悲愴深長，含蓄蘊藉，可見，這是從對一首首《古詩》風格美特色的審美鑒賞印

⑯ 見胡應麟：《詩藪・內編》卷二。

象中概括出來的理性評判。而這種理性評判，又訴諸人們以直接的視覺形狀：溫厚、婉麗、深長，都是可感的，帶有審美感受的直感性。所謂「驚心動魄，可謂幾乎一字千金」，既是對《古詩》具有深遠強烈的美感力量的理性評價，又是從審美鑒賞角度，對《古詩》藝術美給自己感情上的感奮，發出的一種感喟式的讚嘆，很帶有直感性的感情色彩。至於說：「人代冥滅，而清音獨遠，悲夫！」則高度評價了《古詩》具有悠長的藝術生命力，而這個評價又伴有對《古詩》卓越的藝術成就在審美感受上的驚嘆。

鍾嶸還將他對不同詩人作出風格美的鑒賞印象，進行比較，進而對他們的優劣作出理性的評判，但又帶有審美鑒賞的直感性。這方面的典型例子，是對鮑照詩的評價，即所謂「得景陽之諔詭，含茂先之靡嫚；骨節強於謝混，驅邁疾於顏延：總四家而擅美，跨兩代而孤出」。鍾嶸用他對四家詩歌風格美的鑒賞印象，通過比較，既對鮑照詩的成就和藝術風格特色作出了理性評價，又把這種理性評價寓於「諔詭」、「靡嫚」、「骨節」、「驅邁」，這些帶有審美鑒賞直感性的風格品語中。許文雨先生曾說：「竊謂風格品語，爲記室微旨所寄，令人玩賞不置。」[17]所謂「微旨所寄」，就是寄寓了對詩歌成就的理性評判。

第三，善於用形象性的比喻或描述性的語句，把詩歌藝術美的評價具體化，使藝術美能傳神地表述出來，引起人們的美感聯想。

下面也略舉幾例，稍加分析，以見一斑。

第一例，評曹植詩的特色之一的「骨氣奇高」，就是用訴諸人們直感的形象性比喩，形容曹植詩歌騰發出的氣勢美，旣奇特非凡，又高揚激越。曹植詩歌內容的基調，正是淸厲憤激而又熾烈鮮明，頗有一股抑鬱不平之氣；其詩歌結構的特色，也正是起調突兀，旣注意對仗與警句的安排，又講究章節的廻旋跌宕，筆力十分雄健。兩者和諧統一，因而富有氣勢與力量。「骨氣奇高」，正形象而又傳神地表述了這種美的特色，引人產生聯想。

[17] 見許文雨：《鍾嶸詩品講疏》，第一〇頁。

第二例，評謝靈運詩稱：「然名章迴句，處處間起；麗典新聲，絡繹奔會。譬猶青松之拔灌木，白玉之映塵沙，未足貶其高潔也。」鍾嶸用「灌木」、「塵沙」和「青松」、「白玉」等生動形象的比喻，評價謝靈運詩作的成就與不足，這對謝詩來說，極爲貼切恰當；而對欣賞者來說，則給以具體的審美感知，令人玩賞不已。

第三例，評范雲與丘遲的詩：「范詩清便宛轉，如流風迴雪；丘詩點綴映媚，似落花依草。」這裏既用描述性的語句，又用形象性的比喻，形容范雲與丘遲的詩，雖無雄渾厚重的氣勢美，但文字清新纖麗，音節婉轉自然，正如大自然中有「流風迴雪」、「落花依草」的景物一樣，自有其優美纖秀、自然清新的可愛之處。

鍾嶸詩歌評語之所以採取這樣的表述方式，與魏晉「人物品藻」以自然景物作比喻來品鑒人物神采之美的方式，有著極爲密切的聯繫。而關於魏晉「人物品藻」的情況，已在第一章和第二章中作了論述，這裏就不贅述了。

三 「致流別」的風格流派論

魏晉以來，隨著文學的自覺，出現了對於不同文體風格類型和藝術流派問題的研究。與鍾嶸同時的沈約，在《宋書·謝靈運傳論》中，把漢魏時期的作家，分爲以司馬相如、班固、曹植爲代表的三個流派；而另一位與鍾嶸同時的蕭子顯，在《南齊書·文學傳論》中，則認爲齊梁時期的詩歌創作有三大流派：一派出於謝靈運，一派出於鮑照，一派出於傅咸、應璩。鍾嶸更進一步把辨析詩人作品風格、流派及其淵源，作爲他評論詩歌的一項主要內容，卽所謂「致流別」。鍾嶸對這項工作，是極其認眞的。他只從一百二十餘位詩人中，具體考察了三十七位（《古詩》按一人計）詩人作品風格的源流，現列表如下：

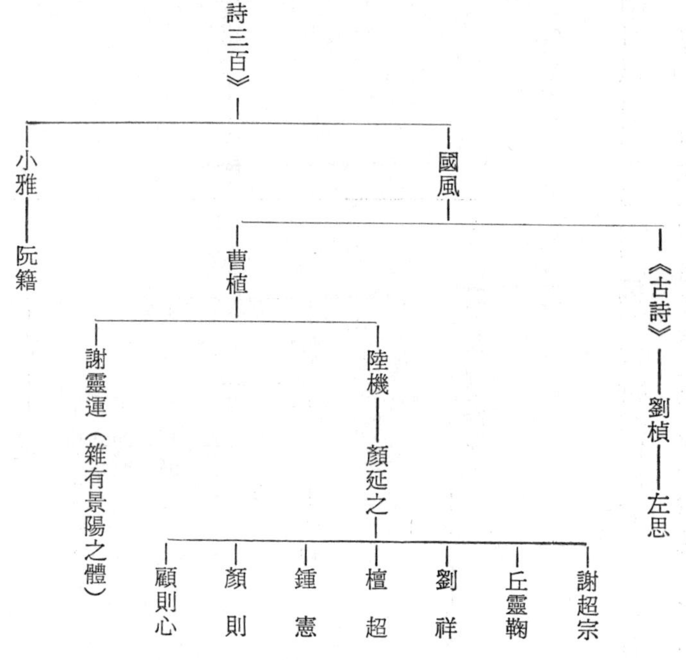
《詩三百》
小雅
阮籍
國風
曹植
《古詩》
劉楨
左思
謝靈運（雜有景陽之體）
陸機
顏延之
顧則心
顏則
鍾憲
檀超
劉祥
丘靈鞠
謝超宗

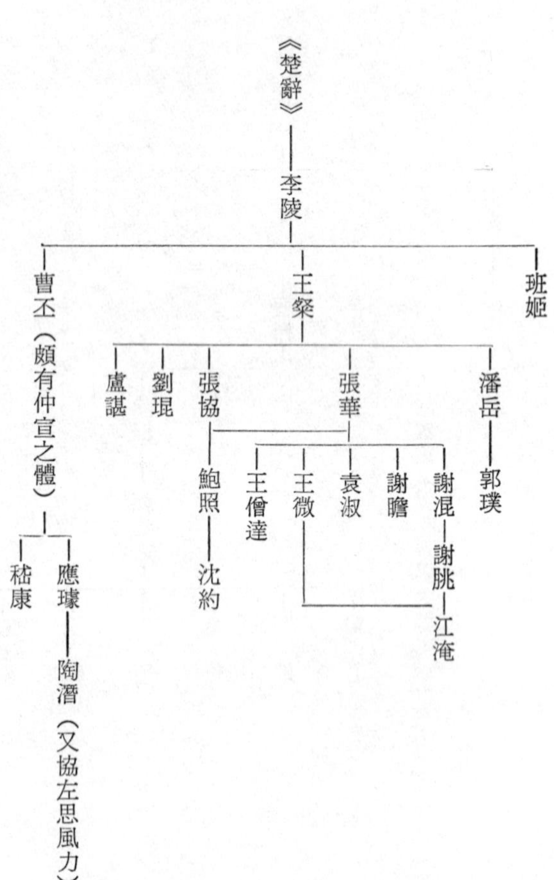

（括號內為《詩品》原文。）

從表中可以看出，鍾嶸認為五言詩的風格流派，共有三個源頭：〈國風〉、〈小雅〉、《楚辭》。但其中源出於〈小雅〉的僅阮籍一人，而鍾嶸在評阮籍詩時又說過：「《詠懷》之作，……洋洋乎會於〈風〉、〈雅〉」，所以，實際上只有《風》、《騷》兩大源頭。這也就是說，我國古代詩歌從先秦發展到齊梁，從其源頭來看，只有《風》、《騷》兩大風格流派。那麼，鍾嶸這樣劃分詩歌風格流派的源頭，究竟提出了一些什麼關於風格流派的理論呢？我以爲，依據鍾嶸對三十七位詩人作品風格源流衍化和遞相師祖情況的辨析，概而言之，有以下三點：

第一，《風》《騷》爲兩大不同創作思潮

大家知道，當一個文學流派比較突出地反映了一定時代的社會思潮和審美理想，又在表現方法上有突出的共同特色時，它就可能成爲該時期占統治地位的創作思潮，並源遠流長地影響著後世的創作。鍾嶸把從先秦發展到齊梁的古代詩歌，分爲源於《風》、《騷》兩大風格流派，實際上提出了《風》、《騷》爲兩大創作思潮的理論。試看，產生於北方的〈國風〉，其審美特徵雖以抒情爲主，在那一唱三嘆反覆迴旋的歌詠中，傳達了或喜悅或哀痛的眞摯感情，但其情感的抒發大都在禮法教化的滲透、制約和控制下，表現出情感中貫注著的理性美，屬於先秦北方文化系統的創作思潮。產生在南方的《楚辭》，其情感的抒發則無拘無束，熱烈奔放；其形象的描繪，則想像豐富，奇異狂放；其文采則繁富艷麗，絢爛華耀，具有強烈的浪漫主義特色，屬於先秦南方文化系統的創作思潮。正如王夫之所說：「其詞激宕淋漓，異於〈風〉、〈雅〉。」[18]至於屈原之作〈離騷〉，更是「蓋自怨生」，「發憤以抒情」。而鍾嶸劃分在《楚辭》一系中的詩人，其風格特色，又不外爲情感哀怨或文辭艷麗兩種類型。前者如李陵「文多淒愴，怨者之流」；班姬「怨深文綺」；王粲「發愀愴之詞」。後者如潘岳「爛若舒錦」；張華「其體華艷」；張協「詞采葱蒨」，都富有艷麗的特色。哀怨和艷麗相結合，其風格確乎與《楚辭》相接近。而且，鍾嶸雖僅僅考察了三十七位詩人風格的淵源所自，但屬於《楚辭》一系的就有二十二位之多。這確如張陳卿先生在《鍾嶸詩品之研究》中說的：「鍾嶸以爲漢魏六朝的詩家，受《楚辭》的影響最大。」[19]而《楚辭》對先秦兩漢以後詩歌創作的影響，則主要在於推動詩人冲決

---

[18] 見王夫之：《楚辭通釋》。

[19] 轉引自許文雨：《鍾嶸詩品講疏》，第一六四頁。

儒家《詩》教和以「禮」節情的束縛，既發憤以抒情，又追求詩歌藝術美的創造。魯迅曾指出：「《楚辭》較之於《詩》，則其言甚長，其思甚幻，其文甚麗，其旨甚明，憑心而言，不遵矩度。故後儒之服膺《詩》教者，或訾而絀之，然其影響於後來之文章，乃甚或在《三百篇》以上。」⑳所以，鍾嶸早在齊梁時期，就提出《風》、《騷》爲兩大不同創作思潮的理論，認爲漢魏六朝詩家受《楚辭》的影響最大，這確實是他精通先秦至齊梁詩歌發展歷史的表現。

第二，藝術流派是風格的一致性與多樣性的統一

鍾嶸在辨析三十七位詩人風格的淵源所自和遞相祖師的情況時，既把風格相近的詩人劃爲同一流派，又把他們劃爲同一流派的不同分支。如屬於《楚辭》系的王粲一派，又分爲潘岳、張華、張協、劉琨與盧諶五支。爲什麼要這樣細分呢？鍾嶸未正面表述。但從其評語看，說王粲屬於《楚辭》一系，源出於李陵，則是從李陵「文多淒

⑳ 魯迅：〈漢文學史綱要·第四篇〉，《魯迅全集》第一〇卷，第五四〇頁。

愴」和王粲「發愀愴之詞」著眼的，卽從「怨」著眼；而說張華屬於王粲這一派的另一支，則只是從王粲「文秀」和張華「其體華艷」著眼，並不從「怨」著眼；說鮑照屬於王粲的又一支，也只是從王粲「文秀」和鮑照「爛若舒錦」著眼，並不從「怨」著眼。再如屬〈國風〉系的曹植一派，就特別說明謝靈運「雜有景陽之體」，卽兼有屬於《楚辭》系的張協詩的風格，而與曹植詩的風格不盡相同。這就表明：鍾嶸認識到同屬於一個流派的詩人，雖有其共同的特徵，但也不排斥個人風格的特點。從而揭示了同一流派是風格的一致性與多樣性的統一。

第三，風格的形成與人生遭遇的關係

鍾嶸在分析詩人風格時，有時還聯繫詩人所處政治環境及個人的遭遇來進行評述。如稱李陵：「文多凄愴，怨者之流。陵，名家子，有殊才，生命不諧，聲頹身喪。使陵不遭辛苦，其文亦何能至此！」又如說劉琨善寫凄戾之詞，具有清拔剛健的風格，是與他「罹厄運」，卽遭遇外族入侵的厄運有關。這都較爲深刻地揭示了政治環境與人生遭際對詩歌風格形成的影響。

第五章　鍾嶸詩學的影響與局限

以上四章，已從幾個方面，對鍾嶸創立的以審美爲中心的詩學體系，作了一些新的探討。現在綜合起來考察一下它對後世的影響以及它的歷史局限性。

一　對審美中心論詩學流派發展的影響

鍾嶸詩學對後世的影響是極其深遠的。其最深遠的影響，乃是開創了追求詩歌審美價值和注重總結藝術規律的論詩風氣，推動了唐宋至明清審美中心論詩學流派的向前發展。許文雨先生曾說：「嶸書出後，閱唐歷宋，詩話之家，繼踵而起，何莫非其影響所及！」❶這「何莫非其影響所及」的具體對象，主要是指唐宋至明清一大批審美中心論的詩學家，如：唐代皎然、劉禹錫、司空圖；宋代姜夔、嚴羽；明代陸時雍、公安三袁；清代王士禛、袁枚以及晚清王國維等等。其影響的具體表現，主要在詩歌理論和詩歌評論方式兩個方面，促使這一大批詩學家特別注重探求詩歌審美創造和審美鑒賞的內部規律，一脈相承地發展了以審美爲中心的詩學，從而在唐宋至明清的詩壇上，形成了審美中心論詩學流派與政教中心論詩學流派並駕齊驅的局面。

現在，先談在詩歌理論方面的影響。

第一，鍾嶸詩學體系核心思想的「滋味」說，促使上述審美中心論的詩學家，更加自覺地總結詩歌審美創造的新鮮經驗，拓寬了以「味」論詩的理論意蘊，提出了一系列詩味說的新命題。其中最著名的，如司空圖的「韻味」說，姜夔等人的「餘味」

❶ 許文雨：《鍾嶸詩品講疏》，第一四九頁。

說，嚴羽「興趣」說，王士禎的「味外味」說，都淵源於鍾嶸的「滋味」說。前面已經說過，鍾嶸以「滋味」爲詩歌的固有特性，把作品能否產生有美感效果的「滋味」，提高到了詩歌創作與鑒賞的首位。而司空圖的「韻味」說，則進一步把能否辨識詩味提高到了詩歌創作與鑒賞的首位，明確地指出：「辨於味，而後可以言詩」；並且，還要求「味不能止於鹹酸」，而要「味」在「鹹酸之外」，有「韻外之致」、「味外旨」❷，就是要求作品能使讀者在欣賞過程中品味出很多言外的「滋味」，富有「味之無極」的美感效果。顯然，這種「韻味」說，是受鍾嶸「滋味」說的影響而形成的。姜夔等人的「餘味」說，則從詩歌審美創造的角度，要求詩人的作品必須能使欣賞者獲得嚼咀不盡的美感「滋味」，即所謂「凡爲詩，當使挹之而源不窮，咀之而味愈長」❸；同時又從藝術評論的角度，把作品是否具有這種咀嚼不盡的美感「滋味」，作爲衡量詩歌藝術成就的最高標尺，即姜夔所一再強調的：「若句中無餘字，篇中無

---

❷ 見司空圖：〈與李生論詩書〉。

❸ 見魏泰：《臨漢隱居詩話》。

長語，非善之善者也。句中有餘味，篇中有餘意，善之善者也。」❹「餘味」說的這些內容，很明顯地與鍾嶸的「滋味」說有著內在的聯繫。嚴羽的「興趣」說，旨在針對部分宋詩爲「事障」、「理障」所縛而失去美感的弊病，強調含蓄不盡的美感趣味是詩歌的固有特性，反對在詩中抽象說理，反對在詩中堆砌典故。他說：「盛唐詩人惟在興趣」，「近代諸公乃作奇特解會，遂以文字爲詩，以議論爲詩，以才學爲詩」，「且其作多務使事，不問興致；用字必有來歷，押韻必有出處，讀之終篇，不知著到何在」❺。而鍾嶸「滋味」說所包含的一項重要內容，也正是反對「理過其辭」而失去美感的玄言詩，又反對「貴於用事」而失去美感的事類詩。可見，嚴羽的「興趣」說，與鍾嶸的「滋味」說有著一脈相承的關係。王士禛的「味外味」說，既要求詩歌自身必須具有「味」，又從創作與鑒賞兩方面著眼，要求詩歌自身所具有的「味」能給鑒賞者以美感聯想，引發出「味外之味」。王士禛的門人說：「酸鹹之外者何?味

❹ 見姜夔：《白石道人詩說》。
❺ 見嚴羽：《滄浪詩話・詩辨》。

外味也。味外味者何?神韻也。」❻後來，清末況周頤則說：「所謂神韻，卽事外遠致也。」❼這「事外遠致」，也就是要求詩歌的藝術意蘊應給予讀者以無窮聯想而產生出悠遠的審美情趣。「味外味」說，實際上揭示出了創作與鑒賞在審美活動中相互作用而產生美感效果的規律，既重視作品自身的美感基礎，又重視欣賞者的審美創造，開拓了探索詩歌藝術美能否引起審美主體發揮欣賞能動性的審美新領域。這種非常精闢的審美理論，也是從鍾嶸要求詩歌應有「味之無極」的「滋味」這個見解中，並經由司空圖的「韻味」說，進一步發展而來的。

第二，鍾嶸的「吟咏性情」說，主張以悲憤的強烈感情爲創作動力的見解，也爲唐宋以來的審美中心論詩學家所普遍接受。如嚴羽說：「詩者，吟咏情性。」❽金代王若虛說：「哀樂之眞發乎情性，此詩之正理也。」❾清代黃宗羲說：「蓋詩之爲

❻ 見吳陳琰：〈蠶尾續集序〉。
❼ 見況周頤：《蕙風詞話》。
❽ 同❺。
❾ 見王若虛：《滹南詩話》。

道，從性情而出。」⑩袁枚說：「詩者，人之性情也。近取諸身而足矣。其言動心，其色奪目，其味適口，其音悅耳，便是佳詩。」⑪這些詩學家都是用「性情」或「情性」去界定詩的表現對象，其目的則是糾正政教中心論的片面主張，即糾正所謂「其爲詩也，言理而不言情」的詩教信條，強調詩歌的美感力量來自於抒眞情。黃宗羲對此目的闡述得很清楚。他說：「詩之爲道，狹隘而不及情，何以感天地而動鬼神乎？」⑫還有一些詩學家，則對悲憤的強烈感情在創造具有美感力量的詩歌中的決定作用，作了更多的闡述。這種闡述由唐代李白的「哀怨起騷人」⑬開始，到韓愈揭櫫「凡物不得其平則鳴」⑭，歐陽修強調「詩窮而後工」⑮，一直到晚清王國維提出：

---

⑩ 見黃宗羲：〈馬雪航詩序〉。
⑪ 見袁枚：《隨園詩話》卷一。
⑫ 同⑩。
⑬ 見李白：〈古風〉其一。
⑭ 見韓愈：〈送孟東野序〉。
⑮ 見歐陽修：〈梅聖俞詩集序〉。

「詩詞者，物之不得其平而鳴者也。故歡愉之辭難工，愁苦之言易巧」[16]，其間歷代都有精闢之見，而明代焦竑所論尤爲精警。他說：

古之稱詩者，率羈人怨士、不得志之人，以通其鬱結，而抒其不平，蓋〈離騷〉所從來矣。豈詩非在勢處顯之事，而常與窮愁困悴者直邪？詩非他，人之性靈之所寄也。苟其感不至，則情不深；情不深則無以驚心動魄，垂世而行遠[17]。

「性靈」就是指自然本性之情。詩「通其鬱結」和「抒其不平」，也就是抒發了自然本性之情。但這種自然本性之情，並非天生，而是「窮愁困悴」的悲慘遭遇所激起的悲怨憂憤之情。焦竑認爲，只有把遭遇這種悲慘生活而感至情深的滿腔悲憤，發而爲詩，才會使詩歌具有「驚心動魄」的美感力量。這不僅從情感心理學角度，揭示出了

[16] 見王國維：《人間詞話删稿》。
[17] 見焦竑：〈雅娛閣集序〉。

發憤以抒情是創作有巨大美感力量的詩歌的美學規律，而且冲決了「發乎情，止乎禮義」的儒家詩教。這個極爲精闢的見解，與鍾嶸主張以悲憤的強烈感情爲創作動力的見解，顯然是一脈相承的。

第三，鍾嶸的「文已盡而意有餘」之說，以及關於「興比賦」以「文盡意餘」爲原則的主張，促進了「意境」說的誕生。所謂「意境」說，乃是對審美「興象」的一種極高的美學要求。它要求於詩人的，不只是一般地運用「賦比興」三法，去構成只有情景交融特徵的審美「興象」，而是要求充分發揮「興比賦」三法「文盡意餘」的特點，去構成一種比審美「興象」更能使欣賞者馳騁想像的藝術境界。皎然說的「采奇於象外」[18]；劉禹錫說的「片言可以明百意，坐馳可以役萬象」、「境生於象外」[19]；司空圖說的「象外之象，景外之景」[20]；梅堯臣說的「狀難寫之景如在目

[18] 見皎然：《評論》。
[19] 見劉禹錫：〈董氏武陵集紀〉。
[20] 見司空圖：〈與極浦書〉。

前，含不盡之意見於言外」㉑；蘇軾說的「言有盡而意無窮者，天下之至言也」㉒；嚴羽說的「空中之音，相中之色，水中之月，鏡中之象，言有盡而意無窮」㉓，都是強調詩歌的「興象」要高度具有「言盡意餘」的特徵，能誘發欣賞者的想像力，產生出與作者本意相默契的藝術意境。宋代呂本中在評論《古詩十九首》及曹植詩有意境時，還說過意境之作「皆思深遠而有餘意，言有盡而意無窮也」㉔。可見，「意境」說的誕生，是受到鍾嶸「文盡意餘」說的影響的。

第四，鍾嶸提倡「直尋」、崇尚「自然英旨」的審美理想，使唐宋以來的審美中心論詩學流派，形成了強調在直接審美感知中自然產生作品的「詩貴自然」的傳統，反對過於雕飾的刻意苦吟。這從唐代李白的「清水出芙蓉，天然去雕飾」㉕，皎然的

㉑ 見歐陽修：《六一詩話》。
㉒ 同❹。
㉓ 同❺。
㉔ 見呂本中：《童蒙詩訓》。
㉕ 見李白：〈贈江夏書太守良宰〉。

「不要苦思，苦思則喪自然之質」㉖開始，一直到清代徐增概括爲「詩貴自然」㉗，歷代都有一脈相承的論述。其中，宋代葉夢得在《石林詩話》中，更直接引證鍾嶸的「直尋」和「自然英旨」的言論，並作了極其精闢的闡發。他說：

「池塘生春草，園柳變鳴禽」，世多不解此語為工，蓋欲以奇求之耳。此語之工，正在無所用意，猝然與景相遇，借以成章，不假繩削，故非常情所能到。詩家妙處，當須以此為根本，而思苦言難者往往不悟。鍾嶸《詩品》論之最詳，其略云：「『思君如流水』，既是即目；『高臺多悲風』亦惟所見；『清晨登隴首』羌無故實；『明月照積雪』，非出經史。古今勝語，多非補假，皆由直尋。顏延之、謝莊尤為繁密，於時化之，故大明、泰始中文章殆同書抄。近任昉、王

㉖ 見皎然：《詩式》。
㉗ 見徐增：《而庵詩話》。

元長等，辭不貴奇，競須新事，爾來作者，寖以成俗，遂乃句無虛語，語無虛字，拘攣補衲，蠹文已甚，自然英旨，罕遇其人。」余每愛此言簡切明白易曉，但觀者未留意耳。自唐以後，既變以律體，固不能無拘窘。然苟大手筆，亦自不妨削鐻於神志之間，斫輪於甘苦之外也。

這段話的主旨，就是強調眞正優秀的作品都產生於直接審美觀照的情景自然湊泊之中，而不是「兩句三年得，一吟雙淚流」的刻意爲之，主張創作格律規範嚴密約束的近體詩，也應該是在直接審美觀照的創作靈感湧現時，天然渾成，做到「緣情體物，自有天然工妙，雖巧而不見刻削之痕」㉘。這種「詩貴自然」的傳統，與劉勰不贊成窮思力索而主張「自然會妙」的見解㉙，當然也有關係，但從葉夢得的這段闡發來

㉘ 見葉夢得：《石林詩話》。

㉙ 見劉勰：《文心雕龍・隱秀》。

看，鍾嶸的影響似乎更大一些。

總的說來，上述四大影響，歸根結底，都是促進了對詩歌審美創造與審美鑒賞自身內部規律的探索，把詩歌創作和詩歌理論引向了對審美價值的追求。

現在，再談在詩歌評論方式方面的影響。

首先，鍾嶸從詩歌審美鑒賞的具體感知中，總結詩歌創作經驗，又上升爲理論概括，並採取文藝隨筆表述方式，其影響所及，直接促進了唐宋以來的審美中心論詩學家，大都寓詩學見解於摘評名篇佳句、捕捉優美意象的文藝隨筆之中，化抽象思維爲具體描繪。如梅堯臣關於意境創造規律的論述，就完全是用摘評名篇佳句的文藝隨筆方式表述的。這段表述記錄在歐陽修的《六一詩話》中：

詩家雖率意，而造語亦難。若意新語工，得前人所未道者，斯為善也。必能狀難寫之景如在目前，含不盡之意見於言外，然後為至矣。……作者得於心，覽者會以意，殆難指陳以言也。雖然，亦可略道其彷彿。若嚴維「柳塘春水漫，花塢夕陽遲」，則天容時態，融和駘蕩，豈不如在目前乎？又若溫庭筠「鷄聲茅店月，人跡板橋霜」；賈島「怪禽啼曠野，落日恐行人」，則道路辛苦、羈愁旅思，豈不見於言外乎？

這段話揭示出了詩歌意境創造的一條重要規律，即作品所寫景象要做到具體性與概括性，獨特性與典型性的完美統一，通過「作者得於心」的具體描繪，誘導出「覽者會以意」的聯想，產生出與作者所寫景象相一致的藝術想像境界；同時，還揭示出了創作離不開欣賞的規律。但這兩條規律都寓於簡短雋永的文藝隨筆和對名篇佳句的審美鑒賞之中，不是純粹抽象的理論表述，而是把詩學見解與生動描繪結合在一起了。又如嚴羽崇尚雄渾厚重的氣勢美的見解，既寓於作家作品的品評中，又通過意象加以表述。他說：

李杜數公，如金翅擘海，香象渡河；下視郊、島輩，直蟲吟草間耳[30]。

這裏用金翅擘海和香象渡河的佛經典故，比喻李白、杜甫之詩「筆力雄壯」而又「氣象渾厚」；還用寒蟲悲鳴，比喻孟郊、賈島之詩情調淒涼，從而表述了崇尚雄渾厚重的氣勢美的詩學見解。但這一見解不是用抽象的思辨和邏輯的推理去論證、去表述的，而是把他對四位詩人作品的鑒賞印象，加以昇華，寓於意象的比喻之中，以訴諸情感想像的。

第二，鍾嶸寓理性評論於審美鑒賞的詩評方式，用形象性比喻作詩歌評語的表述方式，直接影響了唐宋以來審美中心論詩學家，不僅以這種方式去論詩評詩，而且還發展了這種方式。這方面典型的例子，首推司空圖的《二十四詩品》。司空圖在這部著作中，把他對作品藝術風格的審美感受、審美鑒賞印象，用一系列十分出色的形象描繪，生動地傳達出來，既顯示出二十四種類型的風格的美學特色，又作出了自己的

[30] 見嚴羽：《滄浪詩話·詩評》。

理性評價。例如，用「碧桃滿樹，風日水濱，柳陰路曲，流鶯比鄰」的自然景象，比喻風格的「纖穠」之美；用「落花無言，人淡如菊」，比喻風格的「典雅」之美，從而將其推崇「澄淡精致」藝術風格流派的理性評價，寓於這些優美的形象描繪中，使讀者自可去品味這一流派詩作中的高雅淡遠的美學趣味。後來，南宋敖陶孫在《臞翁詩評》中，更用這種詩評方式，一口氣對魏晉至北宋二十七位詩人作品的風格，作了淋漓盡致的評論，如說：「魏武帝如幽燕老將，氣韻沉雄。曹子建如三河少年，風流自賞。鮑明遠如飢鷹獨出，奇矯無前。謝康樂如東海揚帆，風日流麗」等等。直到清末王國維還以這種詩評方式論詞評詞，如以「畫屏金鷓鴣」評論溫庭筠詞的風格。顯然，這與鍾嶸評范雲詩爲「清便宛轉，如流風廻雪」的表述方式，是一脈相承的。

總的說來，鍾嶸在詩論與詩評方式上的這兩大影響，歸根結底，是促進了對詩歌作整體性的審美鑒賞，強調詩歌評論應著眼於作品的風格美，注重用感性描繪直接傳達審美創造經驗及風格特色，以喚起人們的審美感動。

二　歷史的局限性

首先要指出的是，鍾嶸詩學體系改變了以前專從倫理道德觀念出發去思考詩歌問題的思維模式，更新了狹隘的政教中心論的觀念，確立了追求詩歌自身審美價值的新觀念，把人們對詩歌服務於政教的認識，引向了對審美創造和審美鑒賞內部規律的探求，把詩歌的社會教育作用，引進了詩歌自身的審美特性之中。這一切，對於我們建立有民族特色的詩歌美學體系，對於繁榮新詩的創作與評論，仍然很有借鑒意義。但是，也應該看到，鍾嶸詩學有其不可避免的歷史局限性。下面對其歷史局限性，作些簡要的分析。

第一，在創作論上，鍾嶸只注重詩歌創造出一種能排除憂憤哀怨和寄托理想人格的審美「興象」，忽視審美創造對外部世界的認知，只追求深幽含蓄的審美韻味，限制了詩歌對社會生活的眞實再現。這首先表現在：鍾嶸雖然把人間種種悲慘苦難的人事「感蕩心靈」而產生的悲憤之情，視為詩歌創作的動力，肯定詩歌創作和現實生活的密切聯繫，但是，他卻不重視通過摹寫人間種種悲慘苦難的人事，去抒發哀怨激憤之情，而是過分強調對自然景物的即景生情和以情融景，強調遣興抒懷，強調在對自然景象的直接觀照而又饒有興味的藝術描繪中，使憤激不平之情獲得某種排遣，求得精神上的解脫和慰安。因此，他所讚譽的「皆由直尋」的「古今勝語」：「思君如流水」、「高臺多悲風」、「清晨登隴首」、「明月照積雪」，就多為直接觀照自然界的小景的即興之作，並不是以複雜的人物事件作抒情的社會背景，去展現他曾列舉過的那許許多多人生最悲慘的遭遇。其次還表現在：鍾嶸雖然主張「興比賦」兼用，但是，卻不重視偏重於鋪敘事物的「賦」，而把它解釋為「寓言寫物」，納入「興」的範圍，強調用此三法把士大夫的高清遠致的人格理想寄托在景象之中。這實際上就使客觀景象全為審美主體而設，構成了一個從這種人格理想出發去擇取創作題材的框架。鍾嶸正是基於這種框架，高度肯定劉楨用比興手法將其高潔品格寄寓在松柏之類的物象中，是「文章之聖」，卻貶責鮑照拓展創作題材和增加描寫成分為「貴尚巧似，不避危仄，頗傷清雅之調。故言險俗者，多以附照」。事實上，鮑照的樂府五言吸取了樂府民歌善於鋪陳事物的「賦」法，既敍事，又塑造人物形象，爲文人抒情詩創作開闢了新領域。例如〈代東武吟〉：

主人且勿喧，賤子歌一言：僕本寒鄉士，出身蒙漢恩。始隨張校尉，召募到河源；後逐李輕車，追虜出塞垣。密塗亘萬里，寧歲猶七奔。肌力盡鞍甲，心思歷涼溫。將軍既下世，部曲亦罕存。時事一朝異，孤績誰復論？少壯辭家去，窮老還入門。腰鐮刈葵藿，倚杖牧鷄豚。昔如韝上鷹，今似檻中猿。徒結千載恨，空負百年怨。棄席思君幄，疲馬戀君軒。願垂晉主惠，不愧田子魂。

這是一首敍事、抒情、議論熔爲一爐的描寫詩。鮑照獨出機杼，塑造了一位直接向讀者訴說自已生平遭遇的老軍人形象。像這樣「直書其事」的作品，既擴大了社會生活的反映面，又加強了情感抒寫的層次感，較之全章只以某種景象或物象去寄寓人格理想和審美情趣的寫法，實在是一大進步，根本不是「險俗」，而是使抒情短詩向抒情性的描寫詩方向發展，在詩歌發展史上很有歷史功績。明代陸時雍曾高度肯定鮑照的這一歷史功績，說他的樂府五言「如五丁鑿山，開人世所未有」㉛。而鍾嶸對此卻加以抹殺。可見，鍾嶸詩學在創作論上的局限性，確乎是忽視了在審美創造中對社會生活的客觀認知，甚至否定抒情性的描寫詩的藝術成就，這就必然會限制詩歌擴大藝術容量，不能對社會生活作多層次的眞實再現。中國古代抒情短詩特別發達，但撼人心魄的抒情長詩卻不多，更缺乏敍事詩，究其創作理論上的原因，與鍾嶸詩學的這種局限性很有關係。

第二，在詩歌發展的繼承與創新的理論上，強調繼承，忽視創新，甚至否定創新。這突出地表現在：鍾嶸把漢末魏晉六朝衆多的五言詩，在其心目中劃爲三派：一

㉛ 見陸時雍：《詩鏡總論》。

派爲正體詩，以建安時期的曹植爲首，是五言詩的正宗，陸機最能遵循正宗規矩創作，所以，雖然「不貴綺錯，有傷直致之奇」，仍然置於上品；第二派爲古體詩，以應璩爲首，是古樸詩風的典範；第三派爲新體詩，以張華爲首，是講究詞采華艷的變體，鮑照與湯惠休都屬這一派。在鍾嶸看來，新體詩派沒有繼承正體詩的傳統，是效法晉宋江南樂府民歌追求新變的「淫靡」之作，所以，他在評論顏則等人的詩歌時，特別援引其從祖父鍾寵的評語說：「大明、泰始中，鮑、休美文，殊已動俗，唯此諸人傳顏、陸體，用固執不移，顏諸曁最荷家聲。」本來，鍾嶸從反對詩歌「貴於用事」的角度，曾尖銳地指出：顏延之等人用事，「尤爲繁密，故大明、泰始中，文章殆同書抄」。然而，這裏卻認爲，顏則等人的詩歌繼承了顏延之的用事傳統，與改變了詩壇用典風氣的鮑照、湯惠休的綺麗詩歌不同，應該肯定，而且還高度讚揚顏則堅定地繼承顏延之、陸機正體詩派的傳統，因而「最荷家聲」。這種理論上的矛盾，正是鍾嶸只強調繼承而否定創新的反映。其次還表現在：鍾嶸否定新誕生的聲律論，又否定富有聲律之美的「永明體」。齊梁以前，文人作詩雖也講究聲韻之美，但並未自覺掌握漢語聲韻規律，只能純任「口吻調利」。南朝齊武帝永明（公元四八三年——四九三年）年間，由於翻譯梵音佛經的影響，周顒、王融、沈約等人在前人研究漢語聲韻的基礎上，終於明確地辨析出了漢語平、上、去、入四聲，同時還總結出了造成詩歌音節失調的聲病，創立了聲律論，提出了闡明詩歌聲律應遵循漢語聲韻規律的「四聲」「八病」之說。而且，王融、謝朓、沈約等人，還自覺地運用聲韻規律，創作出了字句間的聲調要講究對仗的「永明」新變詩體。這種新變詩體，對於唐代近體詩的形成與發展，起了巨大的推動作用。嚴羽曾說：「謝朓之詩，已有全篇似唐人者」㉜，就是指謝朓所創作的「永明體」，在聲律上已趨成熟，儼然是唐人律絕了。但是，鍾嶸卻強調繼承「口吻調利，斯爲足矣」的傳統，甚至說：「平上去入，則余病未能，蜂腰鶴膝，閭里已具」，因爲自己不懂漢語聲律規律，而否定用新誕生的聲律論指導創作，否定詩歌在聲韻美上的創新，可謂保守論。

㉜ 同㉚。

第三，在理論的表述上，過於零碎，缺乏邏輯論證和精密的分析，過於偏重文字的簡約雋永，容易流爲不知所據的模糊影響之談。例如，前人多把鍾嶸認爲陶潛詩「源出於應璩」，斥之爲「不知其所據」。其實，並非鍾嶸毫無根據，而是沒有把他斷定陶詩風格源於應璩的結論，以嚴密的邏輯分析表述出來。事實上，陶詩和應璩詩在語言上都講究樸實自然，也都喜愛在詩中雜以議論，其風格是有相似之處的。但鍾嶸卻只下了個籠統的結論，當然會使後人不知其所據。又如人們多指責置曹操於下品是品第不當。其實，曹操詩歌成就主要在四言詩，而鍾嶸只評五言詩，再加上他只以「古直」和「悲涼」四字，簡要地點評曹操五言詩的風格特色，完全沒有理論分析，當然會使人認爲品第失當。而且，鍾嶸對於他所認爲的次要詩人，多採取歸類品評方式，往往把四、五個或六、七個詩人列爲一組，僅僅用七、八句話，對其風格的某種共同特點，作一點片斷的、跳躍的、點到輒止的品鑒，如對謝超宗、檀超、顏則等所謂「檀、謝七君」，對蘇寶生、陵修之等所謂「蘇、陵、任、戴，並著篇章」，都是三言兩語地點到輒止，其中既未對其風格的共同特色加以分析歸納，也未詳舉例證，只是點出了鍾嶸感受甚深的那麼一點鑒賞印象，對於一般讀者確有模糊含混、莫測高深之感。

鍾嶸詩學之所以會有這些局限性，其原因應追溯到特別發達於南朝的自給自足的莊園經濟。謝靈運有一篇〈山居賦〉，其中反映了他在會稽的莊園別業的經濟狀況：有水田，有旱田，有園苑，有巘谷，有果園，有牧場，有魚池，既種植五穀，又出產魚肉、蔬菜、水果，還種植桑麻藥材，一切養生之具都應有盡有。這充分表明，莊園別業完全是自給自足的自然經濟單位，一個關閉自守的村社。這種村社除供士大夫們以物質生活的自給自足以外，又是士大夫們優遊休憩以寄托其高清遠致情趣的場所。《梁書・徐勉傳》所載徐勉給其子徐崧的信說：「中年聊於東田間營小園者，非在播藝，以要利入，正欲穿池種樹，少寄情賞。又以郊際閑曠，終可為宅，儻獲懸車致事，實欲歌哭於斯。」還說：「為培塿之山，聚石移果，雜以花卉，以娛休沐，用托性靈。」而且，南朝的士大夫們在這種封閉而「閑曠」的村社裏，又特別講究仿效西晉阮瞻「三語掾」㉝的作風，以提倡言談清通簡要、雋永幽雅為樂。鍾嶸生活在這種自給自足莊園經濟社會裏，又出身於世代爲官的士族家庭，必然使他受士大夫們這種生活情趣的影響，因而，在詩歌的創作論上，追求詩歌表達士大夫高清遠致的審美情趣和超塵絕俗的人格理想，遠比再現廣闊社會生活的眞實更吸引他；在詩歌發展的繼承與創新上，追慕以往五言詩正體的創作傳統，遠比研究新誕生的變體的藝術成就更吸引他；在詩歌理論的表達上，羡慕清通簡要的文辭之美，遠比講究詳盡的說理分析更吸引他。馬克思在論述東方自給自足的自然經濟時說：自然經濟的「關閉自守的村社」，「使人的理智拘泥於最狹隘的範圍內」㉞。從社會原因來看，鍾嶸詩學中的上述局限性，正是自給自足莊園經濟使他的「理智拘泥於狹隘範圍內」的反映。所以，上述局限性，乃是一種不可避免的歷史局限性，不應苛求。

㉝《晉書・阮瞻傳》載：「瞻見司徒王戎，戎問曰：『聖人貴名教，老莊明自然，其旨同異？』瞻曰：『將無同。』戎咨嗟良久，卽命辟之，時人謂之三語掾。」

㉞馬克思：〈不列顚在印度的統治〉，《馬克思恩格斯全集》第九卷，第一四八頁，人民出版社一九六五年版。

滄海叢刊已刊行書目(八)

書名	作者	類別
文學欣賞的靈魂	劉述先	西洋文學
西洋兒童文學史	葉詠琍	西洋文學
現代藝術哲學	孫旗譯	藝術
音樂人生	黃友棣	音樂
音樂與我	趙琴	音樂
音樂伴我遊	趙琴	音樂
爐邊閒話	李抱忱	音樂
琴臺碎語	黃友棣	音樂
音樂隨筆	趙琴	音樂
樂林蓽露	黃友棣	音樂
樂谷鳴泉	黃友棣	音樂
樂韻飄香	黃友棣	音樂
樂圃長春	黃友棣	音樂
色彩基礎	何耀宗	美術
水彩技巧與創作	劉其偉	美術
繪畫隨筆	陳景容	美術
素描的技法	陳景容	美術
人體工學與安全	劉其偉	美術
立體造形基本設計	張長傑	美術
工藝材料	李鈞棫	美術
石膏工藝	李鈞棫	美術
裝飾工藝	張長傑	美術
都市計劃概論	王紀鯤	建築
建築設計方法	陳政雄	建築
建築基本畫	陳榮美 楊麗黛	建築
建築鋼屋架結構設計	王萬雄	建築
中國的建築藝術	張紹載	建築
室內環境設計	李琬琬	建築
現代工藝概論	張長傑	雕刻
藤竹工	張長傑	雕刻
戲劇藝術之發展及其原理	趙如琳譯	戲劇
戲劇編寫法	方寸	戲劇
時代的經驗	汪琪 彭家發	新聞
大眾傳播的挑戰	石永貴	新聞
書法與心理	高尚仁	心理

滄海叢刊已刊行書目(七)

書名	作者	類別
印度文學歷代名著選(上)(下)	糜文開編譯	文學
寒山子研究	陳慧劍	文學
魯迅這個人	劉心皇	文學
孟學的現代意義	王支洪	文學
比較詩學	葉維廉	比較文學
結構主義與中國文學	周英雄	比較文學
主題學研究論文集	陳鵬翔主編	比較文學
中國小說比較研究	侯健	比較文學
現象學與文學批評	鄭樹森編	比較文學
記號詩學	古添洪	比較文學
中美文學因緣	鄭樹森編	比較文學
文學因緣	鄭樹森	比較文學
比較文學理論與實踐	張漢良	比較文學
韓非子析論	謝雲飛	中國文學
陶淵明評論	李辰冬	中國文學
中國文學論叢	錢穆	中國文學
文學新論	李辰冬	中國文學
離騷九歌九章淺釋	繆天華	中國文學
苕華詞與人間詞話述評	王宗樂	中國文學
杜甫作品繫年	李辰冬	中國文學
元曲六大家	應裕康 王忠林	中國文學
詩經研讀指導	裴普賢	中國文學
迦陵談詩二集	葉嘉瑩	中國文學
莊子及其文學	黃錦鋐	中國文學
歐陽修詩本義研究	裴普賢	中國文學
清真詞研究	王支洪	中國文學
宋儒風範	董金裕	中國文學
紅樓夢的文學價值	羅盤	中國文學
四說論叢	羅盤	中國文學
中國文學鑑賞舉隅	黃慶萱 許家鸞	中國文學
牛李黨爭與唐代文學	傅錫壬	中國文學
增訂江皋集	吳俊升	中國文學
浮士德研究	李辰冬譯	西洋文學
蘇忍尼辛選集	劉安雲譯	西洋文學

滄海叢刊已刊行書目(六)

滄海叢刊已刊行書目 (五)

書名	作者	類別
中西文學關係研究	王潤華	文學
文開隨筆	糜文開	文學
知識之劍	陳鼎環	文學
野草詞	韋瀚章	文學
李韶歌詞集	李韶	文學
石頭的研究	戴天	文學
留不住的航渡	葉維廉	文學
三十年詩	葉維廉	文學
現代散文欣賞	鄭明娳	文學
現代文學評論	亞菁	文學
三十年代作家論	姜穆	文學
當代臺灣作家論	何欣	文學
藍天白雲集	梁容若	文學
見賢集	鄭彥棻	文學
思齊集	鄭彥棻	文學
寫作是藝術	張秀亞	文學
孟武自選文集	薩孟武	文學
小說創作論	羅盤	文學
細讀現代小說	張素貞	文學
往日旋律	幼柏	文學
城市筆記	巴斯	文學
歐羅巴的蘆笛	葉維廉	文學
一個中國的海	葉維廉	文學
山外有山	李英豪	文學
現實的探索	陳銘磻編	文學
金排附	鍾延豪	文學
放鷹	吳錦發	文學
黃巢殺人八百萬	宋澤萊	文學
燈下燈	蕭蕭	文學
陽關千唱	陳煌	文學
種籽	向陽	文學
泥土的香味	彭瑞金	文學
無緣廟	陳艷秋	文學
鄉事	林清玄	文學
余忠雄的春天	鍾鐵民	文學
吳煦斌小說集	吳煦斌	文學

滄海叢刊已刊行書目㈣

書名	作者	類別
歷史圈外	朱桂	歷史
中國人的故事	夏雨人	歷史
老臺灣	陳冠學	歷史
古史地理論叢	錢穆	歷史
秦漢史	錢穆	歷史
秦漢史論稿	刑義田	歷史
我這半生	毛振翔	歷史
三生有幸	吳相湘	傳記
弘一大師傳	陳慧劍	傳記
蘇曼殊大師新傳	劉心皇	傳記
當代佛門人物	陳慧劍	傳記
孤兒心影錄	張國柱	傳記
精忠岳飛傳	李安	傳記
八十憶雙親 師友雜憶 合刊	錢穆	傳記
困勉強狷八十年	陶百川	傳記
中國歷史精神	錢穆	史學
國史新論	錢穆	史學
與西方史家論中國史學	杜維運	史學
清代史學與史家	杜維運	史學
中國文字學	潘重規	語言
中國聲韻學	潘重規 陳紹棠	語言
文學與音律	謝雲飛	語言
還鄉夢的幻滅	賴景瑚	文學
葫蘆・再見	鄭明娳	文學
大地之歌	大地詩社	文學
青春	葉蟬貞	文學
比較文學的墾拓在臺灣	古添洪 陳慧樺 主編	文學
從比較神話到文學	古添洪 陳慧樺	文學
解構批評論集	廖炳惠	文學
牧場的情思	張媛媛	文學
萍踪憶語	賴景瑚	文學
讀書與生活	琦君	文學

滄海叢刊已刊行書目(三)

書名	作者	類別
不疑不懼	王洪鈞	教育
文化與教育	錢穆	教育
教育叢談	上官業佑	教育
印度文化十八篇	糜文開	社會
中華文化十二講	錢穆	社會
清代科舉	劉兆璸	社會
世界局勢與中國文化	錢穆	社會
國家論	薩孟武譯	社會
紅樓夢與中國舊家庭	薩孟武	社會
社會學與中國研究	蔡文輝	社會
我國社會的變遷與發展	朱岑樓主編	社會
開放的多元社會	楊國樞	社會
社會、文化和知識份子	葉啓政	社會
臺灣與美國社會問題	蔡文輝 蕭新煌 主編	社會
日本社會的結構	福武直 著 王世雄 譯	社會
三十年來我國人文及社會科學之回顧與展望		社會
財經文存	王作榮	經濟
財經時論	楊道淮	經濟
中國歷代政治得失	錢穆	政治
周禮的政治思想	周世輔 周文湘	政治
儒家政論衍義	薩孟武	政治
先秦政治思想史	梁啓超原著 賈馥茗標點	政治
當代中國與民主	周陽山	政治
中國現代軍事史	劉馥 著 梅寅生 譯	軍事
憲法論集	林紀東	法律
憲法論叢	鄭彥棻	法律
師友風義	鄭彥棻	歷史
黃帝	錢穆	歷史
歷史與人物	吳相湘	歷史
歷史與文化論叢	錢穆	歷史

滄海叢刊已刊行書目(二)

書名	作者	類別
語言哲學	劉福增	哲學
邏輯與設基法	劉福增	哲學
知識・邏輯・科學哲學	林正弘	哲學
中國管理哲學	曾仕强	哲學
老子的哲學	王邦雄	中國哲學
孔學漫談	余家菊	中國哲學
中庸誠的哲學	吳怡	中國哲學
哲學演講錄	吳怡	中國哲學
墨家的哲學方法	鐘友聯	中國哲學
韓非子的哲學	王邦雄	中國哲學
墨家哲學	蔡仁厚	中國哲學
知識、理性與生命	孫寶琛	中國哲學
逍遥的莊子	吳怡	中國哲學
中國哲學的生命和方法	吳怡	中國哲學
儒家與現代中國	韋政通	中國哲學
希臘哲學趣談	鄔昆如	西洋哲學
中世哲學趣談	鄔昆如	西洋哲學
近代哲學趣談	鄔昆如	西洋哲學
現代哲學趣談	鄔昆如	西洋哲學
現代哲學述評(一)	傅佩榮譯	西洋哲學
懷海德哲學	楊士毅	西洋哲學
思想的貧困	韋政通	思想
不以規矩不能成方圓	劉君燦	思想
佛學研究	周中一	佛學
佛學論著	周中一	佛學
現代佛學原理	鄭金德	佛學
禪話	周中一	佛學
天人之際	李杏邨	佛學
公案禪語	吳怡	佛學
佛教思想新論	楊惠南	佛學
禪學講話	芝峯法師譯	佛學
圓滿生命的實現(布施波羅蜜)	陳柏達	佛學
絶對與圓融	霍韜晦	佛學
佛學研究指南	關世謙譯	佛學
當代學人談佛教	楊惠南編	佛學

滄海叢刊已刊行書目(一)

書名	作者	類別
國父道德言論類輯	陳立夫	國父遺教
中國學術思想史論叢(一)(二)(三)(四)(五)(六)(七)(八)	錢穆	國學
現代中國學術論衡	錢穆	國學
兩漢經學今古文平議	錢穆	國學
朱子學提綱	錢穆	國學
先秦諸子繫年	錢穆	國學
先秦諸子論叢	唐端正	國學
先秦諸子論叢(續篇)	唐端正	國學
儒學傳統與文化創新	黃俊傑	國學
宋代理學三書隨劄	錢穆	國學
莊子纂箋	錢穆	國學
湖上閒思錄	錢穆	哲學
人生十論	錢穆	哲學
晚學盲言	錢穆	哲學
中國百位哲學家	黎建球	哲學
西洋百位哲學家	鄔昆如	哲學
現代存在思想家	項退結	哲學
比較哲學與文化(一)(二)	吳森	哲學
文化哲學講錄(一)(二)(三)(四)	鄔昆如	哲學
哲學淺論	張康譯	哲學
哲學十大問題	鄔昆如	哲學
哲學智慧的尋求	何秀煌	哲學
哲學的智慧與歷史的聰明	何秀煌	哲學
內心悅樂之源泉	吳經熊	哲學
從西方哲學到禪佛教—「哲學與宗教」一集—	傅偉勳	哲學
批判的繼承與創造的發展—「哲學與宗教」二集—	傅偉勳	哲學
愛的哲學	蘇昌美	哲學
是與非	張身華譯	哲學